春天里的人们

禾素 著

作家出版社

谨以此书，献给香港每一位默默付出的推普工作者。

——题记

将个人命运与时代进步紧紧联系在一起

（代序）

李朝全

“文章合为时而著，歌诗合为事而作。”报告文学是一种时代特征特别鲜明的文体，报道最新发生的事情，新近出现的重要现象、重要事物，涌现出的新人物，是报告文学承担其作为文学轻骑兵职责的重要表现。这种脱胎于新闻的文体的一个重要功能，也是它的一大审美特质就在于它能够向人们及时传递新鲜的资讯和信息，能够让人们了解许多希望了解的正在发生或新近发生的大事要事，正在发生着的重大变化和发展的趋势态势，让人们对未来能有一个基本的清晰的判断。

傣族女作家禾素的长篇纪实新作《春天里的人们》就是这样一部典型的具备新闻性价值的作品，它有助于人们认识和了解香港的当下实情及其未来发展走向。作品讲述的是数十年来在香港地区孜孜不倦、勤勤恳恳、兢兢业业地推广普通话的一群教育工作者的平凡经历。她们的经历也是芸芸众生的一种经历，但是她们都有一个志向一个愿景，并以此作为谋生的手段和职业，即：她们都以教授普通话、推广普通话教育作为个人事业、生命寄托和实现个人价值的一种主要方式。这些人大多来自内地，有许多是嫁到香港的内地女子，她们的经历有着许多相似之处，譬如，都是因为对原先的生活状况不满意，或者因为家庭破裂，独自到深圳打工，在打工的过程里结识了来自香港的未来的丈夫，由此开始进入香港这个大千世界，在这个竞争激烈的社会里摸爬滚打，奋斗拼搏，寻找自己生活的方向。她们中有的做过厨房的帮厨，有的做过私人教师，有的在幼稚园当过老师，干过各种各样的粗活脏活累活，只求能够自主自立，最终她们都发现了教授推广普通话是自己可以赖以存身和谋生的手段，于是都投入了很大的精力重新学习。无论原先的起点是大学毕业还是高中毕业，她们都通过继续教育，拿到了教师文凭，开始了正规的教授推广普通话的工作，并在这一工作中找到了心灵的寄托，从而摆脱了业已破碎或者分裂的家庭。其中有些女子因为职业上的独立和财务上的自由而勇敢地跨过了婚姻的樊篱，与原先的香港丈夫离婚，重新开始属于自己的自立的生活。菁是一位性情温和的人，就像大海中一朵小小的波浪，因为不懂英文和粤语，无奈之下直接去找校长要求报考，好不容易考上了，婚姻却陷入了僵局，但因为孩子小而隐忍住了。她通过帮助孩子攻克学习难关，从而找到了新的谋生路子，就是教问题学生，把 7 个有各种毛病的孩子教得很出色。她 1994 年从四川到深圳，先是到酒楼去当配菜工，后来因为结识了一位香港男子而移民到香港，到港后却经历了婚姻上的种种不顺，但顽强的她扛起了生活的各种艰难，通过上中文专业拿到了教师证，开始教普通话，接着又学会并教人瑜伽，最终顺从内心的召唤与丈夫和平地分开，搬去北角独居。夏雪同样是一位要强的女性，因为压力大，和丈夫关系破裂，但她决不轻易向现实妥协，反而感谢那些伤害过自己的人让自己能够快速地成长，经历过的事情让自己能够不再惊慌失措。来自江苏的艾玲，与世交子弟、警察苏伟堪称青梅竹马，因此坚持要回家嫁给他，嫁人后却因家庭矛盾夫妻关系破裂，于是迁到香港定居，分到了公屋，转行教普通话。丈夫纠缠不放，也要求来香港，并且一再地背叛她，先是把赚的钱全都收走，接着又找借口回内地寻欢作乐重婚生子，丈夫人性丑陋的一面暴露无遗。这时艾玲不幸又患上了癌症，但是她的内心怀有无尽的善，让她克服了一个个生活的难关。几年后，她终于走出了婚姻的围城，再婚嫁给了一位心仪的艺术家。向真来自湖北，到深圳打工，经人介绍，对丈夫虽了解不多，但还是嫁给了他。嫁给丈夫到了香港以后竟是她噩运的开始，先是遭到婆婆百般虐待，接着丈夫又有了外遇，向真只好自求真正的独立。她一面通过教普通话谋生，一面体会到有些香港人的卑劣。在她把普通话中心的教师职务辞掉后，却又被本来讲好聘用她的幼儿园校长解聘。就在她陷入绝境之时，有朋友给她介绍了一个私人教师的活儿，才帮助她渡过了难关。

因此，这部作品给人感受最深的便是这群我们并不熟悉的独特的女性。她们的经历有类似的地方，那就是通过自尊自爱自强，最后实现了个人的职业自立、财务自由和人身自由，寻找到了个人的幸福和生命的价值。

这是一群普普通通的女子，而作者作为一名女子，对她们显然怀有无尽的同情、体谅与关爱。作者的书写首先在于揭示这群女子的命运和人生轨迹。文学是人学，文学关注的是人性、人心、人道和人情，作者以一种同情心同理心去贴近这群女子，走进其内心深处，了解其最为幽微隐秘的心灵深处的悸动，去捕捉她们生命升华的每一个瞬间。这，正是对人性基本的尊重，也是对女性生存处境深切的体谅，是对于女性自我蜕变自我升华的一种生动的描绘。许维琳是普通话比赛的一名评委，作者选取了一个细节，一支参赛队因为一名胖学生的意外情况引起全场哄笑而导致比赛效果不佳，但是他们出色的发挥依然给了许维琳一个惊喜，因此她破例额外给了他们一个奖，使这群学生和老师受到了很大的激励。许维琳当年是香港的偷渡者。她的爱人先期到香港去投靠其开小厂的父亲，而许维琳则是通过交了800元偷渡费，带着孩子冒险孤身前往，一路上经历了各种曲折和惊险，最终顺利来到香港。然而这位华东师大毕业的大学生，在这里学历却不受认可，她只好重新学习，重新获得学位，才能找到工作。又因为不懂粤语，不懂英文，开始时只能委屈地到唯一一所用普通话教学的学校去当教师，语言成为了她的谋生手段。压力非常大，但是，许维琳没有放弃，每天4点就起床，勤勉敬业，最终做出了显著成绩，30年后改行去了城市大学教普通话，而且参与举办香港校际朗诵节，担任比赛评委，后又加入了儿童文学会，成为了一名儿童文学作家。她的人生理想就是快乐做事，轻松做事，不求名利，知足常乐。曼君因为结识了香港的丈夫而来到香港，租了公屋，原先在学校的餐厅工作，为了能照顾女儿上幼稚园兼顾家庭和工作，她努力学文学、教育学，考取了高级教师文凭，开始做家教，又自编图像拼音教材，接着从私人教师转成普通话教师，因为好学而改变了自己的命运。她的人生感悟是：人活着的意义就在于传承，从家庭菜式到上一代的好东西，包括好的生活习惯、思想、知识，普通话教学也是在传承中国文化。珊珊原来在外贸集团工作，也是因为认识了在香港新世界集团当工程师的丈夫而嫁到了香港，为了谋生而开办普通话中心，“非典”期间赔了很多的租金，但是她坚持了下来，最终闯出了自己的一片天地。

这一个个女子的生活经历都相当坎坷，她们以教授普通话作为谋生手段，同时她们也是文化的使者和传播者，她们促进了香港这座包容性城市文化的融合。正如作者所言，她们为这座城市带来了新鲜的声音，这些声音会引导这座城市与祖国内地更加紧密地融合，加速香港的去殖民化。这些人都是普通人，她们的身上未必都有家国天下的情怀，未必都有强烈的爱国主义情操，但是她们个人的奋斗和作为，却对维持香港的繁荣稳定，推动香港的进步，促进香港和内地的融合，保证香港的可持续发展，做出了自己重要而独特的贡献。她们以自己的实际行动，践行了一个热爱祖国的普通人的职责，体现了公民意识，其生命的价值和意义也在这项工作中得到了彰显。

2019年是中华人民共和国成立70周年，也是香港回归祖国22周年。香港所走过的道路是曲折的，香港曾经有过一段漫长的不堪回首的殖民地的历史，150多年的租借地历史给香港打上了沉重的精神和文化的烙印，这种烙印的后续影响可能会持续很长时间，甚至很难被完全消除。因此，对于一个重新回到祖国怀抱的特别行政区而言，它的文化传承，文化及精神的重构、重建既极其重要又相当艰巨繁重。文化化人，文化育人，一个地区之所以具有中国性，之所以成为中国的一部分，就是因为在这片土地上生生不息、绵延不断地传承了5000多年的中华文明和中华优秀传统文化。文化的重要载体是语言和文字，因此，在香港这片久别重归的特别的土地上推广普通话，推广传承中华传统文化和中华文明，其意义重大而深远。放到民族国家的层面上考察，这实际上是在为一个地域的重新融合重新融入祖国大家庭所进行的一种非常艰辛但却是极其重要的努力。一方面，香港广大居民有学习普通话，学习中国传统文化的迫切需要和强烈需求；另一方面，一大批有志于推广普通话、推广中华传统文化的有识之士加入到了这样的一股洪流之中；再一方面，政府部门特别是中央和香港特别行政区政府都有志于推广和传承好中华优秀传统文化。文化是根，文化是脉，文化是灵魂，文化是民族的精神标识，只有把文化传承好，弘扬好，这个地区的文明进步才是可持续的、绵延不绝的。漫长的租借地历史有可能使香港的传统文化被拔根或被削弱淡化，被糅杂和多元化，那么，在这种多元化的文化中，坚持中华传统文化的主导主流地位，坚持中华传统文化对香港社会的全覆盖和引领作用，应该成为每一位有识之士共同的抱负和理想。推广普通话的这批工作者，她们自觉或不自觉地汇入了这场传承传统文化的时代大潮。她们都是小人物，但是历史不正是由小人物创造的吗？她们看似微弱的基础性的工作实际上也是在参与创造一部香港的新历史，书写香港的历史新篇，因此，她们的作用不可替代，她们的价值不可低估。而作为新加入香港区籍的移民，她们无疑是新香港人，她们对于香港是一种新鲜元素，一种活力和生机，她们为香港原先驳杂的文化格局注入了一股清流，带来了一阵清风。这是从祖国内地吹来的风。这种风尚的影响引领应该是一种长久的、可持续的，而且应该是一种引导性的、主导性的。现在回首香港回归22年来的历程，我们更加真切地认识到，推广普通话，推广普及中国传统文化，对于香港的未来至关重要，对于香港更好地融入祖国，和祖国同步伐共命运齐发展，组成一个命运共同体，尤为重要。从这些层面上说，《春天里的人们》这部长篇纪实作品无疑是特别的，有价值的，值得肯定的。

作者禾素1994年移居香港，从事教育及写作工作。在香港生活了20多年，她对香港社会已然相当熟悉，尤其是对推广普通话的这个教师群体非常熟悉。她所采访的这些女性几乎都是她的朋友，或者有过多年交往，对她们的经历和事迹此前早已有所耳闻目睹，而经过进一步深入的采访了解，她也进一步揭开了这些女性的生命历程和心路历程。这种亲历式、耳濡目染式的采访，因为真实真切，因此具有很强的可信度和感染力。

刊于《民族文学》汉文版2019年第10期

本文作者系中国作协创研部副主任

写在前面

香港，是一个奇特的地方，是一个多元文化汇集的地方，来自世界各地的人聚集在这里，有的短暂停留，有的如候鸟栖居，大多数人在这里扎下根来，过着不咸不淡的生活。有人说，香港还有另一个名字叫作任性，夏天穿羽绒服着高筒靴招摇过市，冬天穿迷你裙吊带背心穿街走巷，没有谁会多看你一眼，更不会因此而皱一下眉头。每一个人都是微小的个体，没有人会在意你，一不留神，分分钟便被淹没在那些迎面而来的巨大冷漠洪流中；也有人说，在香港这个地方，只要你勤奋、肯挨苦、愿意努力，机会它无处不在。在这座城，任何时候，只要不违法，你都可以按照自己想要的方式过活。

香港，中国两个特别行政区之一；被英国殖民一百五十六年后，1997 年回归祖国。人口七百四十八万，面积一千一百零六平方公里，人口密度世界第一。作为亚洲金融中心，香港经济高度发达，人均 GDP 排名全球第十、中国第二，医疗健全、教育优质、物质富足、商业娱乐业发达；香港男性平均寿命全球第一，女性排第二。据资料记载，十九世纪初，香港只是一渔村，仅有五千至七千人。1840 年，第一次鸦片战争爆发，英军远攻清廷，女王原本下令抢占舟山，但前线将军路过香港时，发现这里，地理优越，水深港阔，未来潜力无限！于是将军不惜惹怒女王，调头强占了香港岛。1842 年签订《南京条约》，香港岛割让英国。这一“偶然发现”，彻底改变了香港的历史。凭借海港优势，香港这个自由港，发展成了今天的“国际大都会”。

二十多年前，来到这座举世闻名的城，当我穿梭在香港如织的人流中，往来行走的多是中国人的面孔。他们穿着简单时尚，行走如风，自信满满，满口粤语方言还不时夹杂着一句半句英文，在街上你用普通话问个路都有困难。他们听不懂，也不会看简体字，就算听明白你说什么，人家回答的你也是听得云里雾里，在这里你就觉得自己是个异类，无法插足，无法融入。自英国对香港实行殖民统治后，大部分政府文书都用英文，英文亦长期是唯一法定语文，中文没有宪制地位。回归祖国二十年来，香港各方面都有了不同程度的变化，香港政府大力推行两文三语——中文、英文，粤语、英语、普通话。语言环境更是有了翻天覆地的转变。这与一群默默奉献的普通话教师有着莫大的关系。多年来，我无数次有这么一个想法，写写我身边教普通话的朋友们吧！写写他们的背井离乡，写写他们的悲欢离合，写写他们的苦难幸福，写写他们的从容与慌张，写写他们的坚持与放下；写写他们从一个又一个的远方奔向此处，写写他们从各自安静或不安静的世界来到这座喧嚣的城市，写写他们作为新移民的体会和感受，写写他们在这里怎样艰辛又努力地工作着、生活着、生存着。

当我终于付诸行动，开始倾听一个个他（她）讲述的故事，有时安静默然，有时相对而笑，有时拍案叫绝，有时击台而歌，有时泪流满面，有时紧紧拥抱……在这片曾被殖民一百多年的土地上，在港人的国家认同感还不是很乐观的情况下，推广普通话有着重要的意义和作用。而正是我身边这样一个普通的群体，在推广普通话以及去殖民化的道路上，默默奉献着自己的青春和心血，每个人都有各自的辛酸，各自的精彩，各自的妥协，各自的坚守。我用笔，为这个群体向世界打开一扇窗，希望，明媚的阳光能照见它，清朗的月亮能照见它，照见这一扇边沿角落的窗，照见一个个默默发光的人。

一

“这一刻，很多故人涌出来，很多故事涌出来，经历的时候只是经历，经历过后就成为别人口中的故事，而很多的故事串起来，就是人生。”

清早时分，从九龙至香港岛，出了地铁站，穿过湾仔老街各式热闹的店铺，爬上一道斜坡，与许维琳老师约见的“金兜记”酒楼终于出现眼前。

湾仔，位于香港岛北岸中央位置，是一个新旧并存的独特社区，糅合旧传统与新发展的精粹，亦是香港历史最悠久和最富传统文化特色的地区之一。许老师就住在这一区，平日喜欢到这家存在了几十年的港式酒楼喝早茶。在香港，人们有喝早茶的习惯，俗称“饮茶”，早茶主要由中式点心和茶水构成。

许维琳老师，香港最早的普通话倡导者及传播者之一，六十年代到港之后，一直从事普通话教育、组织及评审工作，多年来，教了一拨又一拨的学生，扶持了一批又一批的后辈，帮助了一间又一间机构，与她有关联的普通话机构多不胜数。

与许老师初识于十几年前，我作为某校的课外朗诵辅导教师，带着几十个一年级的孩子去参加全港校际朗诵节集诵比赛，许老师是评委，那是我第一次带集诵。香港学校的音乐节及朗诵节，是学界瞩目的文艺盛事，至今已走过七十个年头，这是让热爱音乐和朗诵的青少年得以一展所长的独特平台。倡导人之一许维琳女士，自1968 年开始到 2018 年退休，整整五十年时间，从最初不为人知，参加者寥寥无几，一点一滴积累，影响逐渐扩大，到今日全港学校参与，人人以获其奖项为荣，甚至升读本港名校亦以此为加分条件。在民间大大小小不同比赛，论规模校际朗诵节应可称冠，这与许老师对此项朗诵文化艺术教育多年来前前后后亲力亲为，努力推广分不开，若说她功不可没，我相信没有人会反对。

记得那场比赛是在冬天，海风刺骨。在尖沙咀某比赛场地，学生们穿着厚厚的羽绒外套，笨拙地爬上朗诵台的阶梯，我微笑着等他们站好，准备转身回座位坐下时，赫然发现第一排的一个小胖孩没拉上外套拉链，重点是他的裤子拉链也没拉上！台下已经传来一阵嬉笑声，有的小孩竟然直接指着他嚷嚷：喂，你的大门没关上！小胖学生意识到大家在笑自己，低头一看，动作夸张地马上将裤子的拉链拉上，还冲着台下伸伸舌头“嘿嘿”一乐。台下更是笑翻了，整个比赛场地乱成一片。我的脑袋“轰”的一下，这还用比吗？两个多月的训练白费了！按照朗诵比赛的规定，肯定没奖了！

许老师按了几下桌前的响铃，现场慢慢安静下来。她接着又按了一次，示意比赛开始。天真可爱的学生们似乎没有受影响，依照平日的训练，表情投入、有感情，动作也整齐协调，演绎完毕孩子们有条不紊地按照我的嘱咐分行离开舞台。台下的掌声很热烈，许老师的表情似乎也很满意，我内心里那个悔呀！怎么事前就没有好好检查一下这群“小猴子们”的衣着呢？按正常评分标准与之前比赛的队伍来看，我的学生表现不俗，应该是能够获奖的。但比赛前发生的那个小插曲，肯定会大大影响比赛的得分。

最后一队比完后，评判助理请主评判上台宣布获奖名单并点评朗诵作品。穿着很有品位的许老师缓缓走上台，先由朗诵作品说起，给大家讲解作品及作者背景，其内含的深意；在表现作品时，哪一段该强哪一段该弱，哪一段该快哪一段该慢，哪里该适当以动作辅助，哪里该用眼神深刻体现，她一面讲一面示范，给在场的学生和老师们上了极其生动而难忘的一课。

在宣布奖项时，她手拿评分纸，看了看台下，所有人都屏息静气，等待这激动人心的结果。许老师却不着急公布，不紧不慢地说：孩子们，是不是很希望听到你们学校的名字呀？台下齐齐回答：是。许老师又问：要是没有你们的名字，你们会难过吗？台下的孩子们老老实实地回答：会。许老师笑了，她说：会是正常的，不难过是假的。经过这么长时间的辛苦训练，有谁不希望能够拿个大奖回去！这对学校对老师对家长对自己都会有一个很好的交代。但是比赛的队伍这么多，竞争这么激烈，而奖项又有限，怎么办呢？学生们天真地回答：那就给多一点奖呀！许老师笑着说：如果我像圣诞老人分派礼物那样，人人有份，永不落空，那比赛还有没有意思？说真的，看着你们在台上的表现，看你们如此全情地投入，我常常会陷入一种感动，你们已经懂得齐心合作的重要。我想，在比赛中初尝荣光、挫折、友谊、合作、坚持的滋味，因着不同作品和对手，力求个人的进步，这一些，比奖项更重要。

看着台下孩子们一脸懵懂的样子，许老师又笑着说：我的意思是，在这个过程中，你们有了不一样的经历，学会了友爱、团结、合作的重要性，只要这个过程是快乐的、享受的，那就是你们最大的收获，这比获奖重要多了！

许老师开始宣布获奖名单，按照惯例，季军有三队，亚军两队，冠军一队，比赛队伍有三十几队，所以要从中脱颖而出很不容易。在公布了前两队季军获得者后，许老师忽然说：今天有一队学生，整体的朗诵表现不俗，按照我的标准，他们原本是可以获得冠军的。我的心“咯噔”一下，不会是说我们吧？她继续慢慢说道：遗憾的是，他们在上场后出现了一些状况，按照比赛规定应该是没奖了，但他们的朗诵无论是情感、动作、整体的合作方面，都实在是让人赞叹的！指导老师对作品深刻理解，对学生的细心辅导，再加上孩子们齐心配合才会有这么好的表现，所以今天我破例给他们一个奖项，以资鼓励。但老师们今后一定要注意，学生上台前的着装、仪表一定要确认，只要上到台上，就不能再有任何小动作。另外比赛前可以脱掉笨重的羽绒服，不然孩子们都成笨重的小企鹅了！

全场人都笑起来，在笑声中许老师读出了我们学校的名字，孩子们都乐坏了！学生代表上台从许老师手中接过评分纸和奖状的时候，我的内心涌起无限感慨！我是何其幸运，第一次带集诵就遇到这么好的评委老师，短短三个小时，她不仅教会了我不少专业上的技巧，更让我体会到超越小我的爱与情怀。

十几年过去，在大大小小的比赛中常常会见到许老师的身影，我总是怀着崇敬而欣喜的心情前去打招呼。此刻，她正坐在“金兜记”的角落里，安静地等着我。

见我来到，许老师起身热情招呼着，依然是得体讲究的衣着，亲切而不失分寸的笑容，恬淡谦和的神情，让人忍不住就想亲近她，听她暖暖地说话。她拉着我的手仔细看了一下说：好久不见，还是那么漂亮。说得我心里不禁乐开了花，定力还是不行啊！我也由衷地说：许老师才是好看，这么多年一直都是如此优雅得体。许老师笑了起来：哈哈，别哄我开心，我都八十岁的人了，哪里还会好看。

八十岁？怎么可能！您就是六十多岁的样子啊！许老师敛起笑容，认真跟我说：对，八十岁。我1939年出生，今年刚好八十，也正式宣布退休了。一直活跃于香港普通话界以及教育界的许老师，行至耄耋之年才宣布正式退休，如此敬业乐业，这让我的内心更是升起无尽的敬意。

许老师感慨地说："日子真快呀！那天看家里的各种奖牌，发现自己竟然跟那么多普通话团体都有关系，我的一生就是这么忙忙碌碌的，一转眼大半辈子已经过去了。今年不知怎么了，一些早已失去联系的故人都出现了，忽然一个个又回到自己身边来。

"我1961年从上海华东师范大学毕业，1962年到的香港。当时内地已经批准出境，但香港却拒绝入境，因为香港政府怕大量的内地居民涌入香港，所以开始限制入境人数。当时先生已经先行到了香港，投奔解放前就到香港去的父亲，他们在香港开了一个小工厂，过着还算稳定的生活。公公婆婆一直叫我带着孩子到香港团聚，没有入境证明，于是只有到广州某个码头偷渡。

"大年三十那天，交付了八百块钱，八百块钱在当时工资只有几元的年代已经是一笔巨款了！带着孩子满怀忐忑地和一群陌生人一起上了船。当船驶离码头的时候，我的内心真是百种滋味交织，既担心遇到台风搞得船毁人亡，又害怕被海上缉查偷渡的警方抓获，一个会没命，一个会损失惨重，都是难以承受的事。但为了一家团聚，也只能孤注一掷，铤而走险了。漆黑的夜里，船行驶到一半，海浪越来越高，越来越汹涌，海水把身上的衣服都打湿了。坐在简陋的渡轮上，船身一会儿随着海浪抛到高处，一会儿又被甩向低处，人也跟着船被抛上抛下。我晕船晕得不行，呕吐得非常厉害，还要紧紧抱着孩子，那种滋味，几十年过去了，回想起来仍然心惊胆战。当时船上有一个年轻人走到我身边，看我孩子身上穿着印有"爱和平”字样的衣服，善意地提醒我说这衣服不行的，香港警察一看到“爱和平”的字眼，就知道你是内地来的，一上岸就会被抓走。我的内心又多了一重恐惧，如果千辛万苦到了香港，上了岸还因为一句“爱和平”又要被抓走遣送回内地的话，岂不前功尽弃？但没有办法，我也没有多余的衣服让孩子换，唯有冒一次险了！

“去到海那边，接应的先生带我们迅速上车离开，总算是有惊无险，平安偷渡到了香港。公公、婆婆很高兴，年初三便邀约朋友吃饭，而被邀的朋友家庭中，竟然有那个年轻人。他一见我们，忍不住开心地笑起来：哈，那个‘爱和平’的小孩竟然在这里！这位朋友是位导演，在台湾拍了不少电影。今年，有相识的朋友相约，与从国外回来的他到城市大学喝茶。五十几年后，看到我那如今已快六十的儿子，他再次哈哈笑着说：当年那个爱和平的小孩，都已经变成老头子啦！我们更是老人中的老人了，岁月不饶人呐！这人生兜兜转转、兜兜转转，真的很有意思。”

刚到香港的时候，许老师一下子找不到工作，内地又回不去了，一时间也是有些着急。后来又因为上海华东师范大学的学历不被当时的香港政府承认，便到香港珠海学院学习两年，获得了学士学位。毕业前夕，学生会的负责人找到她，邀请她在“双十”节搞一个演讲，并暗示她这不只可以让她“名利双收”，而且毕业找工作也会事半功倍。她想都没想便严词拒绝了这个邀请，尽管来到香港，但自己仍然心系祖国，也一直热爱和平，不会去做任何分裂祖国的事情。事后许老师以为得罪了这位负责人，肯定会给自己小鞋穿。没想到不但没受到影响，她的正直勇敢及爱国的热情反而让对方对自己刮目相看。不但关心她的毕业问题，更介绍她到当时唯一一家普通话教学的名校当小学教师。因为在内地学的是俄语，所以英文不好，而以当时官方语言以英文为主的香港来说，不懂英文真的太吃亏了。

本来有机会到大学或中学去教书，但因为不懂粤语和英文，只能委屈自己去唯一普通话教学的小学当教师。

1949 年后，各省来香港的人多了，从山东威海的警察到跑单帮的台湾客，在本地广东人眼中都是外省人。其中，上海人最为瞩目。当然，香港人所说的上海人，不一定真的是上海人。根据 1950 年上海的人口调查，上海居民只有 15% 是原居民，48% 是江苏人，26% 是浙江人，还有各省的人，包括广东人。广义的上海人让香港的文化氛围产生变化。他们私下可能操各种方言，但他们的文化产品是用普通话的——国语顾名思义在民国时期已经是全国的普通话，而上海在 1949 年前是民国的、国族的、国语的文化生产的独大中心。

一时间国语文化在香港所占的份额大增，而在香港制造的国语电影及国语“时代曲”甚至在势头上盖过本地的粤语电影、粤语流行曲，虽然在人口数量上操粤语者占绝大多数。在二十世纪七十年代以前，台湾的国语书和国语电影在香港亦甚受欢迎，甚至来自台湾的新国语歌也曾风行一时。大陆普通话电影由《刘三姐》到《大闹天宫》动画到样板戏，都曾安排在“左”派自己的院线上映。也就是说，1949 年至七十年代初，香港曾有过二十多年的国语文化流行期。

许老师接着说：“当时香港还在殖民时期，内地来的人很容易受到排斥。那时还没有普通话这一说，而是称之为‘国语’，所以内地来的老师，就被划分为‘国语’教师，薪水很低，只能在私立学校教。他们的工资与公立学校的香港教师相比，实在是相差太远，付出与收获完全不成正比。

“六十年代初，教学上用的课本一直是乔研农的说话课本，我 1957 年在内地首度学汉语拼音，到香港又学习注音符号，与现在的汉语拼音不同，这一套教学方法持续到七十年代初。那时我在北京语言学院当院长的老同学介绍一位来香港开会的语言学家到我家里住，他说你们普通话教学，没有理由不用汉语拼音吧？要想融入国际社会，一定要学会这一套汉语拼音。他还批评我是学汉语言文学的，自己都不率先提倡，真是不应该。你要不愿意跟校长说，我去说！后来校长听取了语言学家的建议，把编写汉语拼音教程的任务交给了我。我前后用了几年的时间，编出了一套学校专用的汉语拼音教材，有了这个基础，后来又帮几家出版社编了几套汉语拼音教材。那时候啊，白天要上课，只能利用晚上的时间编写，常常弄得自己睡不好觉，老是牵挂着这事。每天四点钟必须起床开始工作，多年后的今天，我的生理时钟依然很忠实地跟着当年的习惯，一到四点就醒。从前一看到'四'字就会有一种怕怕的感觉，持续几年时间要在那个点起床进行编写工作，每天好像都要在挣扎中'死'一次。哈哈，这么多年过去，都不知'死'了多少回啦！真不知自己当时是怎么熬过来的。"

许老师的描述轻描淡写还不时带着幽默调侃，可想到她当年编写汉语拼音教材时的艰辛，我的眼眶有些湿润，为了普通话教学在港取得更好的成就，如此艰辛的付出却如此低调地带过，我怎能不被眼前这位前辈感动？怎能不对她肃然起敬？

许老师继续说道，前几天，几个朋友在喝茶时讨论，有人说："只要勤呀，你就会富；但你懒呀，就一定会穷。"我就忍不住和他们辩论，我说勤也未必富，懒也未必穷，教书匠都是默默耕耘。这个社会很难分配公平的，你看人家农民，一年到头辛辛苦苦种地，根本不如那些股票经纪或者明星，一次交易或一次登台可能赚你一年两年的薪水。正如我们这些教普通话的人，都是默默耕耘、默默奉献的。那个年代的我们，就算付出百倍的时间和心血，依然很穷，依然过着清苦的日子。

“不过我仍然庆幸自己能够在同一间小学待了那么多年，现在我的很多学生都成就斐然，不时会请我吃饭聚会，在育人育才这一点，我相信自己对这个社会是有贡献的。1994年，在这间名校教了三十个年头后，因与当时的校长，也是我的好朋友教学理念不同有了分歧，我离开学校到城市大学开始正式教普通话。大学毕业时，曾有分配到广西师院教语言的机会，但因为我觉得教中文更有内涵而选择了到另外一所中学教中文。到了香港，语言成了谋生的技能，也只好放弃理想，投入到普通话教学的队伍中去了。有人说，时势造英雄，那个年代，想要出头很容易，但我没有什么野心，一辈子就安安静静教自己的书就好了，成不了什么英雄。

“城大的教学工作对搞了半辈子语言教学的我来说很轻松，对象是大学生或公开进修课程的成人，学生们都很喜欢我，在那里上课感觉非常愉快。每周有十几节课，一节课四百元，一个月也有两万多元，我感到非常满足，这比干了三十年的那间名校一万多的工资还要高。我这人真是不求上进，不喜欢往前冲，觉得差不多就行了，很容易满足，所以我这一生人都觉得很轻松。

“有一次中文大学校外课程的负责人问我，愿不愿意夜晚到荃湾深井去教嘉顿集团的职员？我却忽然来兴趣了，跟儿子说起这事，儿子也兴致勃勃地说可以呀！我下班回来送您过去，到荃湾吃饭，然后再去接您。一旁的婆婆听到我们母子俩的对话，笑着问我们：你们俩这汽油不要钱呐？还要到荃湾吃顿饭，可能上课的钱还不够付吃饭的钱吧？会不会算账的？当时我就哈哈笑着说：这样好玩呀！既可以增加母子相处的时间，又能帮到别人学习普通话，其实是赚了呢！婆婆也只能笑着摇摇头说：看来你们这是享受大过利益啊！”

说到香港校际朗诵节的推广和评委工作，许老师满怀感慨地说：“从一到那间名校教书几乎就开始了。当时带学生去参加比赛，那时还没有太多人会说普通话，所以知道的人和参加的人都不算多。那时候常常拿奖，记得有一次评委给了我的学生双冠军，一个场次里面产生双冠军是非常难得的，而且两个都是我的学生。那时候我们学校在校际朗诵节是‘八面威风’啊！拿了全场总冠军。因为我本身是学中文的，在南京上小学时就常有赵丹、王丹凤、秦怡、张瑞芳等大艺术家到校讲课、辅导朗诵，一直都很喜欢这门艺术。所以我教学生便有了一定的基础和心得，把每一位作者的作品都演绎得生动活泼。后来，经过推荐就加入了朗诵学会评委会，一做就做了几十年。有一位我很敬重的老评委临退休前郑重地对我说：许小姐，有一件事我想要拜托你。就是在比赛时候，学生读完作品名字后一定要说‘作者’二字，再说出作者的名字，不然对作者不尊敬。假如作品名字叫《乌龟》，你说完‘乌龟’就直接说作者名，那作者还不成了乌龟了？这只是举一个例子。你一定要记住啊！我也郑重地点了点头，事实上这么多年来，每一届的比赛我都会强调这个事情，为一个老评判的委托，也为我们这个时代越来越缺乏的一种仪式感，我做足了五十几年。今年退休前，我再次申明，虽然时代不同了，但有些该坚守的事情还是要坚守，我卸下这个重任，把它交给你们了！”

“在评委会我还认识了阿浓，成为很好的朋友，阿浓介绍我加入儿童文学会，后来明华出版社请我写儿童故事，受到孩子们的喜爱。”许老师亦是香港的儿童文学名家，任某文化组织会长六年了，退休后仍热衷为下一代做播种、培育工作；她写了很多反映真善美的儿童故事和教育散文。

“在儿童文学会组织的活动中，常被邀请给孩子们讲儿童诗的朗诵，在活动中又认识了搞儿童教育的陈淑安，她写的儿童诗也很有趣，为人也好，我就请她到校际朗诵协会来，在比赛中加设了幼儿组项目，由陈淑安负责，后来我们成为很好的朋友，一直互相支持互相勉励。前两年她在美国一家老人院去世了，我又失去了一位好朋友，她是一位非常优秀的人，不仅文章写得好，还会弹琴唱歌，很多朋友为了缅怀她，为她出了一本纪念专集，每人写一篇纪念文章，也算是对她一生的肯定。所以说时间很快的，一生一晃眼就过去了。这一刻，很多故人涌出来，很多故事涌出来，经历的时候只是经历，经历过后就成为别人口中的故事，而很多的故事串起来，就是人生。

“人就好像大海里面一个小小的波浪，很快就被后面涌来的浪淹没了。你现在知道还有个陈淑安，再过几年，又有谁知道这个人，记得这个人？你去中文大学看看，学校里挂着很大一条横幅：谁是鲁迅？若干年后，我们的后辈，还有几个人会认识鲁迅？这个我们都不敢说。所以我的观点就是：做什么事都轻轻松松去做，什么功名利禄，没有多大意思。好好地过每一天，做自己喜欢的事，这一生轻轻松松就过去了。你做了什么，付出过什么，得到过什么，失去过什么，没有人会记得，没有人会提起，所以无论发生什么，都不要太计较，很快都会烟消云散了。

“今年很巧，五十多年未见的老朋友叶玉树见面时送了他写的书法给我，就一个‘静’字，而阿浓也从国外给我寄来他写的一个‘怡’字。这真是告诉我从此要静下来了，怡然自得地享受人生。其实我非常满意我的人生，不谋取，不钻营，不算计，不执迷。轻轻松松就过了一辈子，就算苦也会学着苦中作乐，这就是我的人生态度。我觉得人的一生变化实在太大了，起起落落，变幻不定，你要没有一个好的心态，从一个好的角度去理解人生，你是很难挺过去的。

“若说我的人生有什么遗憾，那就是没有去学一门艺术的技能，比如画画、书法或者是一种乐器。语言这东西太过飘忽，没有植根在一个深刻的基础上，就好像漂在水面的浮萍，没有根，没有实际的东西。如果让我重新活一次，我一定会学习哪怕小小的一样东西，一个小小的技能，让自己的生命有一些深度。扎扎实实地去做，你的根扎得越深，你才能在这世界留下点什么，而不是这样浮光掠影地一闪而逝。”

与许维琳老师短短的一次茶聚，散散淡淡的谈话中，信息量实在太大，收获的东西实在太多。从 1962 到 2019，许老师经历和见证了太多的东西，那诸多的感慨无法用语言描述，我把它写出来，让更多的人看到，让更多的人去感悟，让更多的人去得益。我在安静聆听的同时，亦在反省自己的人生。我，做到无悔今生了吗？

二

“生活就是这样，你要有勇气面对很多事，我不想强悍，但生活让我做不了弱女子，就只有扛起一切吧！用欣赏的眼光看待这个世界，看待所遇到的一切，从前总以为天下无‘贼’，在走了这么长的路之后，才发现世界并不是这样的。”

香港观塘，庞大的工厂写字楼区，下班的人流如潮水一般向你涌来。在人群中，你安静而快速地行走着，似乎稍慢一步，就会被人潮淹没，不知为何，在一切快速旋转的香港，常常会有这样的感觉。

在成业街六号泓富广场地下那间咖啡店，菁隔着玻璃门朝我挥着手，一身运动装的她束着马尾，笑脸盈盈，看起来如少女般清隽秀美。

“我们有一个小时时间，六点半我就要回到楼上给学生们上瑜伽课。”我的同行姐妹近年来又多了一个身份——瑜伽教师。

菁是荃湾一间小学的专职普通话教师，十几年前我们在一次教师普通话朗诵比赛中相识。她的朗诵，总是情真意切，触动人心，她在打动别人的同时，常常自己也是泪流满面。她温和而又热情，总是热心地帮助身边的人，在多个普通话组织担任义务工作，凡是接触到她的人，都会不由自主地信任和喜欢她，我也不例外。

九十年代来到香港后，菁第一件事就是去报读夜中。因为只是高中毕业，她要想在这里扎下根来，必须不断学习，让自己进步。那时候学校已经开学，她准备读了夜中后参加会考，拿一个中五学历，然后去报读浸会大学的幼儿教育。后来评估成绩过了，但浸会大学没收她，因为不会广东话，后来还是回到夜中读中三。那时除了中文课程，其他都是英文教学，肯定是不懂的，只有死记硬背，学得很吃力。那个时候董建华做特首，香港遭遇金融风暴，很多人失业，政府就开了很多学位，都是基础文凭的课程，当时因为她的文凭是内地高中文凭，不符合香港的报考条件。她就跑去守在校长的办公室外，期望能见到校长跟他求情。后来终于见到校长，她不顾一切地冲过去，把自己的资料全交给了校长。校长请她到办公室，自己坐下默默地看资料，后来一句话也没有说就带着她直接走到报名处报上了名。她激动地打电话给丈夫报告这一消息，他很惊讶，不懂英文和广东话的菁竟然报成了这个文凭课程，当然毫不犹豫出钱支持她读这个课程。菁说那时候刚到香港，没有工作，在经济上还得依靠丈夫。菁并不是一个追求物质的人，她说自己就像是一株空气草，生存成本很低。她从不过问丈夫一个月有多少收入，不去打探他有多少存款，也可以说是心底的那丝傲气和尊严感在作怪吧，她从不会主动开口跟丈夫要钱，唯有在读书这件事情上主动寻求丈夫的帮助。她希望自己不只是一个家庭主妇，而要真正融入这个社会，真实地扎根于这片异乡的土地。

菁读完了基础文凭，又读完了高级文凭，因成绩优异而获得以全额奖学金到澳大利亚读大学的机会。但那时候孩子很小，她只有选择放弃，而是就近在理工大学就读。一年之后，与丈夫原本就不够坚实的感情基础，再加上年龄性格的极大差距，导致彼此之间无法沟通也无法理解对方，于是就冷战。她虽然想离婚，但丈夫并没有犯什么具体的错误，她也就无法理直气壮地提出。她羡慕那些有勇气走出婚姻的人，她也渴望自己能有另外一番天地，另外一种人生。

两杯咖啡冒着香气，沉默了片刻，菁的声音轻而有力地又飘过来："有时候，我觉得一段婚姻的破裂，可能是彼此都太过关注自己而忽略了对方的感受。谁都不是谁肚子里那条虫，出问题几乎都是自己的想法出了问题。所以沟通是非常重要的，不然问题越积越多，就更难解开彼此的心结。"

在理工大学读了一年会计之后，菁的小儿子出了问题。孩子一直都很聪明，可是在上小学后成绩却不理想。回到家能够将老师讲的内容倒背如流，也能充分理解其中的含义，可是一到做作业和考试就糟了，什么也写不出来。后来她才知道有读写障碍症这回事，于是菁一面上学，一面拼命找资料，尝试用各种学习方法去帮助儿子。

"儿子的问题让我从各种梦想中回到现实，丈夫的态度也让我有所思考。很多夫妻在出现问题时会互相指责，心存怨气，但我丈夫在这件事上却一直责怪自己。他怪自己的基因不好，觉得孩子都是像他，不然不会出现这种现象。看他不断地自责，我忽然有些感动。他丝毫没有指责埋怨我，而是把所有的罪过背在自己身上，这一点也催我自省。儿子的问题把我们都拉回到现实生活中来，夫妻同心一起解决问题才是首要的。什么理想，什么追求，什么冷战，什么夫妻间的不和谐，那都不是事儿！孩子才是最重要的，在我眼里就是这样的。很多时候，其实是孩子成全了父母。"

当时与婆婆一块住，老人的固执、挑剔以及很多时候的蛮不讲理，让菁活得压抑之余也严重影响了夫妻感情。孩子又出了问题，她觉得自己快要喘不过气来，丈夫终于下定决心，用所有的积蓄买了一套房子，一家四口搬出去开始了新的生活。读写障碍是一种最常见的特殊学习困难，泛指在阅读、书写或拼字方面的障碍。读写障碍的问题，一般在初小阶段浮现。很多患有读写障碍的孩子，都被误以为是懒惰和不专心。事实上，有读写障碍的孩子如能及早被识别，并接受适当的辅导，将可降低日后的学习困难。菁几乎将所有的时间和心血都花在孩子身上，不厌其烦地为他一遍一遍读，一遍一遍写，一遍一遍矫正，一遍一遍跟进，一个字写很多遍，直到孩子自己无障碍能读出写出为止。在菁咬着牙各种坚持和努力之下，孩子终于有了可喜的进步，成绩渐渐上去了。学校的老师感到惊讶，便请她到学校搞讲座分享自己的经验，这一讲在老师和家长之间引起很大的反响。班主任拉着她的手说，你快别读什么会计了，来教书吧！这么有爱有经验有行动力又有担当的人，不教书实在是太可惜了！这一说还真的让菁动了教书的念头，后来看到报纸上有间小学请教学助理，她便跑去应聘。校长跟她聊了整整一个小时，菁也谈了帮助儿子走出读写障碍困境的经历，还主动说自己有绘画基础，学校需要做教学用具她也能做。校长没有接她的话，而是忽然问她：如果学校有一些问题学生，你愿不愿意教？她一愣，原本自己是来应聘教学助理的，没想到校长直接请她教学生，这是怎样一份惊喜啊！她连忙点头应承，校长也是爽快人，后面还有两个等待面试的人也不见了，直接说那你星期一来上班吧！

在香港，学校里常会有一些问题学生，有的孩子是自闭症，有的是过度活跃症，有的是轻度躁狂症，有的是读写障碍症，还有一些有这样那样的问题的。在统一分配学位的时候，按相关规定，学校就算知道该学生有问题，也不能拒绝孩子入校。而这些孩子，在班级里面往往会影响其他孩子学习，老师还得以足够的耐心面对他们不时爆发的各种状况。管好问题学生，其实是非常棘手的一件事情。

菁在新学校的任务就是带这样的问题学生，特殊班里有七个一年级的学生中文、英语、数学课都是她一个人上。这间学校是为数不多的一间“普教中”学校，就是用普通话教中文，一般的学校都是用粤语教中文的。她每堂课得先教孩子学习汉语拼音，纠正他们的发音，然后才讲课本上的内容。不要忘记，这七个孩子都是有各种问题的，上课中途随时会有意想不到的状况发生，自闭的孩子会躲在课桌下面，怎么劝都不肯出来；轻度躁狂的孩子会忽然间大吼一声或一拳捶在课桌上；过度活跃症的孩子就是一刻都不停歇地动来动去，不停撩人说话……反正不管发生什么，菁都不会指责孩子或对孩子发火，她总是微笑着，以爱心和耐心面对孩子们，就像对自己的孩子一样。渐渐地，七个孩子上课时的状况越来越少，成绩也越来越好。一般问题学生都十分聪明，在解决了他们的特殊问题之后，学习方面的优势就体现出来，学习评估的时候，在全年级的成绩都属于拔尖一列。不得不说，在教案方面，菁也是下了功夫的。学校的教学主任在看到菁为七个孩子准备的特殊教案时，直接惊呆了并对此赞不绝口。学校的其他老师哪里会像她那样，为几个孩子准备了四种教案，A 不行就用 B，B 不行就用 C，C 不行就用 D，只要想得到的方法都记录在案，这种方法不奏效就用另外一种，反正总有一个方案是行得通的吧！这一套让孩子们非常乐意接受，对她也非常喜欢，上起课来便事半功倍。当菁看到自己辛勤的结果有了好的回报，内心感到特别安慰。学校看到她把几个熊孩子收拾得服服帖帖，教得那么好，又把二三年级的特别学生也交到她手上。本来三个月才能转正，她才干了一个多月，校长就给她加了工资。

当我问起她当年从内地到港的经历时，她看看我笑了笑，继而低下头搅动着手中的咖啡，缓缓说：“我1994年从四川到了深圳，在一家幼稚园做行政工作。我用了不长时间，把学校所有的行政、课件、资产等资料全部输入电脑归类存档，校长开心坏了，说这个人怎么那么好用啊！太能干了！因为那时候全校没人懂电脑，连校长也不会，所以就得到大家的认可，在学校的工作十分地顺利。

“学校的假期很多，放暑假的时候我没有回老家，在逛街的时候看到有间酒楼的厨房招请配菜工，心想闲着也是闲着，就贸然走进去见工。第二天到厨房上班，下午经理进来厨房看到我，惊讶地问：这谁呀？哪来的？走走走，这么漂亮做什么厨房，太浪费啦！到外面做楼面吧！这不，还没上完一天班，就换了两套工装。经理是北方人，特别喜欢我，说我脸庞跟她特别像，二人便以姐妹相称。在大堂做了不到一个礼拜，经理就把我调去看厅房了。厅房出入的人非富即贵，不是高官就是高管。那时候，就认识了我先生，他们是石油公司老板请来的香港客户。来几次后，开始有聊天，慢慢熟悉起来。在酒楼才做了一个月，就升职当了部长，工资涨了不少，可以指挥楼面工作，还有给吃饭的客人打折的权力。那时候我很感慨，就一个月时间，有那么多的变化，所以人的际遇很重要，如果我没有走上街头，当时没有那么勤奋想要做两份工，就不会有这一系列的际遇，就不会认识我先生，自己走的很有可能就是另外一条路。我没有刻意安排自己的人生，仿佛就这样稀里糊涂地随着命运走了，这到底是幸或不幸呢？我就在这想，其实任何人都是，倘若不懂得安排自己的人生，只凭着际遇走的话，应该会留下不少遗憾吧？”菁欲言又止，看了我一眼，仿佛咽下了一些什么想说又不能说的话，然后接着往下说。

“婚姻这门功课真的很不容易学，但自己还是要学会接受。”谈到婚姻，菁的眼神变得有些复杂，忽然而至的黯淡中又闪现出一丝希望，但很快便又笑着说："我先生大我很多岁，当年曾有过一个女朋友，好了七八年，过了大好年华后，最后谁也没有再找对方，也没有说再见，这段感情便无疾而终。后来就在那间酒楼遇见了我。接触多了，慢慢地被他的温柔细心感动，就是那种人在异乡强烈的孤独感袭来时，有个人陪在你身边，听你说话，给你一个宽厚的肩膀，为你排忧解难，你封存的心一点一点被他融化，一寸一寸为他敞开。没有爱到要生要死，没有甜到流油的誓言，只有两个孤独人彼此的依赖和照顾，于是就将彼此托付给了对方。

"曾经有一段时间，我是特别羡慕人家有勇气离婚，我觉得这太厉害了！太勇敢了！我觉得自己在很多事情的处理上都很有决断力，但在婚姻这件事情上却变得胆怯迟疑，好像前面有狼后面有虎似的，总是犹犹豫豫，下不了决心。也许是还没有到完全破裂的情况吧！于是只有忍耐，为了家庭忍，为了孩子忍，为了生活忍，为了旁人的眼光忍，那些婚姻里的各种不和谐，忍得自己严重内伤。忍这一字，是多少中国家庭的现状，亦是多少中国妇女的硬伤。"

我伸出手，轻轻拍拍她瘦弱见骨的手，表示我的认同和安慰。她点点头，继续往下说："有时候我又觉得，个人的理想，个人的价值观，个人的追求，个人的什么都好，在孩子纯真无邪的眼神面前，就什么都不是了。这不单是从自己的孩子身上，更多的是从我的学生身上得出的感悟。

"你看现在的孩子，很多都是来自离异的家庭，他们很多都缺乏安全感，因而缺乏足够的自信。没有办法，这是现实社会的一种普遍现象。物质丰富了，精神匮乏了，欲望增加了，需求也多样化了，导致人性里所有的好与不好都跑出来了。人们不再戴着面具，撕开各种假面伪装，开始血淋淋地恶战、厮杀，从各种各样的人身上，你能看到各式各样的人性的恶，叫你胆战心寒却又无处躲藏。在一个爱严重缺失的社会里，你去强求人性的光辉，那是做梦。

“我目前任教的这间小学，有一个我一直关注的孩子。成绩非常好，总是全年级第一，从二年级到六年级，成绩一直优异，而且各方面都很优秀，人看上去也很阳光，很积极乐观。但他有一个很大的缺陷，就是在情感的领悟方面极差，就是情商极低。后来家长会上接触到他的母亲，发现根源来自母亲。孩子的母亲精神有点问题，需要长期服药控制病情。她一见到我，只会问一件事：我的孩子在学校是不是总被人欺负？是不是总被人歧视？我整天在家里担心死了。你看他老长不高，明明他父亲很高的，他怎么就长不高呢？又是废了的。”

我跟菁说我想不通，怎么个子不高就废了呢？况且现在才六年级啊！很多男孩子都是到了初中以后才开始飙高的。菁也摇摇头继续说道：“孩子的母亲也是新移民，到港结过三次婚，每一次婚姻生下一个儿子。她不停地在抱怨自己的命不好，嫁一个老公不好，第二个也不好，第三个还不好，所以导致自己那么悲惨的命运。现在前面生的两个孩子她都不管不要了，觉得就是这个小的有希望，但又嫌弃孩子个子长不高。你看，这个母亲的关注点很奇怪，都在一些莫名其妙的问题上。有时我看着她，真想对她吼一声：你那所谓的爱恨情殇算个鬼呀！孩子才是最重要的啊！但是不行，我还得好好劝解她，开导她。她的大儿子，就是我学生的哥哥，港大毕业的高材生，却患了抑郁症，没有工作能力。整天就是担心他的妈妈不要他，你说这叫什么事？太可惜了！看他每周回教会做礼拜或偶尔代表家长来为弟弟开家长会，整个人知书识礼，文质彬彬的，就因为原生家庭的支离破碎，母亲的不管不顾，导致抑郁，我一想到这些，心里就觉得痛。”

聆听者的职责就是安静聆听，我很少插话，静静听着菁的故事，我没有设定什么死板的问题，只是让她诉说，将她的经历她的故事她的喜她的悲她的失意她的得意与我分享。在菁缓缓的叙述中，我深感她的善良、坚守和不易。作为老师，菁不单要教好他们普通话、中文，当好他们的班主任，让他们掌握必须掌握的文化知识，她更认为孩子们心灵的健康成长也是必须要关注的。这些年来，她不单关注孩子本身，还要在有需要的时候关注孩子背后的原生家庭、他们的父母亲人，只希望从她这里走出去的学生，都是心理健康、心智健全的。她把自己能给的爱和帮助都毫无保留地给予他们。

“说实在的，这些年，从自己身上也好，从别人身上也好，看到了很多问题。对于成年人来说，两个人的婚姻，如果要真的美满，谈何容易！经济、性生活、兴趣爱好、个人追求，这不是说好就好、说和谐就和谐的！而就算你自己想要去追求，你就能追求到、你就能得偿所愿吗？所以，你个人的理想、追求算个鬼呀！”菁有些激动地接着说：“有时候看着自己的孩子、自己的学生，他们的一脸懵懂、后面是一个个父亲母亲。我们不要把自己的苦痛想得太大，孩子是无辜的，他们怎么会知道你们的性生活好不好，兴趣爱好是不是一样？他们只看到父母整天横眉竖眼，吵吵闹闹，这对他们就是既直接又严重的影响。”

后来菁一边教课，一边在香港公开大学攻读中国语言文学，拿了学士学位，又考了教师资格证，之后便转到荃湾一间小学做了全职普通话教师。现在已经十几年过去，她一路学习，一路进步。

“我是闲不下来的，三年前又开始学习瑜伽，初衷只是为了帮助儿子减肥，却一试就从此爱上了它。运动真的好，能产生很多胺多酚，让你身体健康之外又精神愉快。我不到一年时间就考了瑜伽教练资格证，又在半年后考了瑜伽疗愈教练资格证，原本只是为了辅助治疗丈夫的一些顽疾，结果现在可以帮助更多的人。

“生活就是这样，你要有勇气面对很多事，我不想强悍，但生活让我做不了弱女子，就只有扛起一切吧！用欣赏的眼光看待这个世界，看待所遇到的一切。”

我以为菁的余生，会一直围绕着丈夫、孩子、学生，平静、简单而丰盈地走下去，然而过年后的第三天，远在悉尼的我却收到她的邮件。

“素，我在大年二十八决定离开丈夫独立生活，年二十九很顺利找到一间带基本家具的屋子租下，年三十晚在新的居所住下了，一切超乎想象地顺利。更奇妙的是，与两个儿子沟通，他们也理解父母，这让我莫名感动且感恩。上天也应该怜悯我们夫妻多年为婚姻为家庭为儿子做的努力吧，让我们能对如今发生的一切释然。

“年三十下午儿子帮我搬了部分生活必需品到新居，晚上一家四口仍一起吃年夜饭，之后丈夫也送我到地铁，和平分手，但对儿子一切如常。

“一直以来，我拼了命地挣扎求存，静默忍痛面露宽容。只因我知绝望的滋味，我知灰心丧志为何物，我知求真讲理未必有出路，我知呻吟呼救无济于事。因而我只能静默，砥砺前行，分分秒秒都坚韧。不为明天，只为此时此刻没有沉没。谁能知，静静安好地生活，内里炼就清心的悲欢。

“其实之前我早已放弃‘跟随自己心意走’，一心想儿子，自己就别无他求。可能也是冥冥中自有主宰，老天都想放生我。整件事没有太伤感，可能这就是我用心经营了这么多年的回报吧！我不能失去儿子，我不能和儿子他爸成为仇人、冤家，上天成全了我，感恩对儿子说，什么都没变，只是多了一个家，一个有爸爸的家，一个有妈妈的家。他们和老爸一起住，我为他们重新装修了房间，我每星期回去一次帮他收拾一下，儿子每星期来北角与我吃饭。”

我深信，一个忠于自己内心的人，对于灵魂里渴望的东西，不要说一年半载十年八年，就算用上一生的时间，他们也会不惜一切代价，去争取，去追寻。在一段婚姻走过了二十五年之后，在所有人都羡慕她此刻的充实与幸福之际，菁平静地结束了这一切，在一间不到二十平方米的小房间内，开始自己的新生活。我没有更多的话，唯愿她在一隅斗室，守住自己那一缕清欢。

三

“人活着的意义是什么？我觉得，人活着的意义是传承。把上一代好的东西传承下去。一个家庭值得传承的东西已经不少，更何况是博大精深的中国文化？身为教师，任重而道远；文化传承，是我们今生不可推卸的责任。”

旺角花墟是全港的鲜花批发集散地，这是闹市中一块芬芳之地，每个周末我都会到这儿捧走一束百合或一大扎玫瑰，插在自己安静的小屋里，整个人就会觉得欢天喜地，仿佛看什么都是愉悦的。与曼君约在花园街见面，剪着一头短发的她，看起来精干利落，一双丹凤眼水汪汪的，让你看一眼就想去看第二眼。虽然短发看起来像男孩，但她嘴角一扬起温柔的笑，女人味即刻就上头上脸了，其实说来她也确是个温言细语的美女子。我们先慢悠悠逛了一下花市，吸够了花的芳香后，才上转角处的花园街餐厅找了个角落位置坐下来。

“听说刚到香港时你曾做过餐饮服务工作？以前在深圳又是开店做生意的，怎么那么大的跨越当起普通话老师？”我有些好奇而直接问道。

“我选择当教师其实理由只有一个，为了女儿。”曼君不容置疑地回答。

“刚到香港时，没有房子，没有工作，心里挺郁闷的，与在内地的生活相比，实在是天差地别。语言的障碍也是一大问题，我感觉歧视还是存在的，在地铁里讲句普通话人家都要站远些，也不知是不是我的错觉，我总能感到那种异样的眼光。”我对曼君点点头表示认同，无可否认，这种现象确实是存在的。

“我当时找工作一心就想着只要能够照顾到女儿就好，女儿已经上幼稚园，只有在学校工作才能让我做到跟女儿的时间同步。女儿上学我上班，女儿放学我下班，刚好可以照顾她。可开始的时候，我还没足够的能力做老师，我是一个有自知之明的人，有多大头就戴多大帽子。就选择到离家不远的一间学校小卖部应聘服务员，那份工作其实做起来不难，就是每天要五点钟到学校准备学生早餐及各种小吃食品，这一点比较辛苦。每天四点多就得起床，很长一段时间，我都不知道睡到自然醒是什么滋味，每天鸟儿都还没叫，我就已经在学校开始忙碌了。但在那儿做唯一的好处就是，一下班就可以去接女儿放学，看到女儿开心地扑过来叫妈妈，就觉得什么苦都值得了。其实我在深圳的时候，就有一位前辈老师提点过我，到香港可以去教普通话，但必须有资格证。我当时也算是有所准备，就到深圳大学考了语言水平测试，那时候挺认真的，六十篇诵材每天都要从头到尾读一遍，用了半年的时间准备。女儿才半岁，记得我是用婴儿车推着她去考试的，深圳那边水平测试相对来说要严格很多，我本身是北方人，又花了那么多时间和精力准备，最后也就考了一个二甲，心里觉得挺遗憾的，就想着以后一定要重新考一次，不拿到一级乙等绝不罢休。后来到香港我真的又去报考了一次，终于给我拿下一乙证书。但光凭这一个普通话水平证书也找不到教书的工作呀！因为没有其他的学历，所以就只有先去学校餐厅做一段时间再说。说来也就是学校餐厅那一份工作，让我有了一些想法：如果是想要一边工作一边带孩子的话，我唯一能选择的好一点的职业就是教书。这样的想法其实也算是一个动力，我想要兼顾家庭，兼顾孩子，还想要兼顾工作就必须得先武装好自己。那时我就给自己定了一个计划，用一年的时间出去进修，到浸会去读普通话教师课程。那时每天天没亮就已经在工作，晚上还得到浸会大学听讲，九龙塘到柴湾的距离又远，回到家已是精疲力竭，而第二天又要四点半就起床，有时真的感觉要捱不住了。后来我跟学校的负责人说明情况，要求两点钟放学后在学校休息处休息一下。得到允许就每天放学后在休息处的地上铺几块垫子，躺一两个小时，再出发去上课，能够这样我已经很满足了。这样的境况持续了两年，我将初级和高级文凭都拿下来了。”

曼君拿到了普通话高级教师文凭之后，春节前后，很多老师都不再接课，纷纷要赶回老家过年。前辈老师便问她愿不愿意去教一个孩子普通话？刚好学校放假，她也觉得自己有能力去教孩子了，于是就非常高兴地表示：“没问题，价钱多少无所谓，时间也没关系，只要能够拿经验，我都愿意。”这第一个学生很好教，一对一上课，就是拿着课本照读，然后纠正发音，不用什么技巧，整堂课上下来也没什么压力，虽然有点小紧张，但还算顺利。

后来朋友又给她介绍了亲戚家的孩子，教拼音，教普通话，一小时有一百块钱，这对曼君来说已经是个很好的开始了。当时学校餐厅的人工很低，一小时才二十三块五港币，是香港政府规定最低时薪标准，辛辛苦苦做九小时也才二百多块钱。后来她通过中介找到了两家外国人的家庭教普通话，一个家庭每周上两天，给的是月薪，一个家庭就有五千块钱，两个家庭的家教一个月已经收入一万元，不光在时间上松动了很多，收入上也有了极大的飞跃。曼君当时签约的时候，既激动又不安，真的有那么好的事吗？她觉得幸福来得有点突然，很怕自己不能胜任让人家给退回来。没想到上了几堂课以后，家长满意，孩子也喜欢她，相处得就像家人一样，她这才放下心中大石，随后辞去了学校餐厅的工作。

曼君来自黑龙江，家里原是开工厂的，在当时算是富裕家庭，会计专业毕业后，在一间公司做会计工作，日子原本过得也算是风平浪静。因为与丈夫性格不合，两人离婚后，大女儿随父亲，自己便离开哈市，来到深圳闯荡，只想离开过去的阴霾，到改革开放的前沿开始新生活。来到深圳一段时间后，通过朋友的朋友介绍，认识了在香港土生土长的丈夫，经过一些日子的交往，彼此觉得挺合适，就领了结婚证。她说经过一段失败的婚姻，自己也不再如小女孩般奢望美好浪漫的爱情，只要对方心疼自己，彼此能聊得来，那就已经很满足了。

结婚后，她在住所附近开了一间香薰精品店，生意不好也不坏，每个月都能够有小小的盈利，丈夫只要放假，就会过来深圳陪伴着她，小日子过得倒也简单甜蜜。2007 年获批香港定居，当时丈夫在香港没有自己的房子，只能暂住在丈夫的姐姐家。

“那种寄人篱下的感觉真的不好受！有时候太累不想做饭，也不敢躺下歇歇，还得撑着把一家人的饭菜做好；有时候心情不好，很想发脾气，但也不行，你得不断提醒自己，这是在别人家里，你得忍着。反正什么事来了，你只有一个字对自己说：忍。那个时候，活得实在太压抑。”曼君此刻说起来，还一副心有余悸的样子。

女儿差不多两岁的时候，曼君丈夫申请的香港政府公屋终于分到了。香港公共屋邨（同“村”，简称公屋）是由香港房屋委员会兴建的公共房屋，现在香港约有三分之一居民，即二百多万人居于房委会近八十万个出租公屋单位。申请公屋要求及条件：必须为香港永久性居民；申请人必须年满十八岁；收入不得超过政府制定之“最高入息及总资产净值限”。当然在这硬性规定下，也还有一些特别条件可以照顾的，比如单亲家庭、高龄长者、伤健人士、长期病患者，符合这些条件的居民可优先照顾。一般正常的家庭或个人需要排队二至五年甚至更久的时间。在香港这个寸土寸金的地方，目前有超过三分之一的人居住在廉价出租公屋。公屋关联的是最普通、平凡的香港人，有友邻和善的温暖，有孩童成长的平实，有香港人柴米油盐的日常生活。

“记得那是个春天的晚上，下着微微雨，空气潮湿。我和丈夫两个人兴奋得要命，拿到钥匙的时候，就马上奔向分配的公屋处。一路上我的心既激动又好奇，在香港终于要有自己的家了！那到底是个什么样的房子呢？我紧紧抓住丈夫的手，他都感觉到了我的兴奋与紧张，他说你把我的手都抓疼了，心里高兴是吧？我有些不好意思地笑着点点头，走在路上，丈夫将我的手也捏得更紧了，他像个孩子一样笑着说：老婆，我们终于拥有自己的家啦！我知道这两年你忍得很辛苦，以后我会更加努力工作，让你和女儿过更好的日子。”

浸会大学的课程学完之后，她始终觉得自己目前也就是简单地教一教普通话，如果想要正式踏入这个行业，学历不够，资历也不够，各方面都需要提升。多方咨询之后，与浸会的同学相约，到公开大学报读中国语文学学位。

说到踏入这一行的缘分，曼君语气轻柔地说：“有时候我也挺感慨的，有的人未必适合做朋友，但该感恩的一定要感恩。如果不是当初那位前辈老师指了这么一条路，介绍了第一个学生给我，老实说，我也不会有这么明确的方向，或者会走另外一条更为曲折的路。一步一步走过来，一步一步去做，我没有过高的理想，我只知道，为了家庭，为了孩子，我一定要义无反顾地走下去。”

学士学位拿下来之后，她觉得自己想在这条路走得更远更扎实的话，还是要考一个教育文凭。香港教育大学有两样硬性规定：必须持有学士学位；必须是本港在职教师。学士学位自己拿到了，但不是正规学校的老师这一点过不了。在此同时，刚好一位朋友介绍一间幼稚园让她去工作，这家幼稚园走的是传统路线，专门聘用一位普通话老师教学生传统文化，比如《弟子规》《三字经》《论语》等等。她觉得这个太好了，让孩子从小就接触中国文化，潜移默化接受一些有深度的文化，这对孩子的未来有非常深远的影响，她非常认同这样的教育理念，于是就到幼稚园面试，争取到这个正规学校的教职。之后，马上去报读了教育文凭，于是白天在幼稚园工作，晚上就到教育大学读书，这一读又读了三年。

曼君周末同时在一间教育中心兼职，在教课的过程中终于遇到了难题：香港本地的孩子一般来说英文比较好，有的甚至在家里都是说英语。所以在教汉语拼音的时候，先入为主的观念严重影响了孩子的学习。比如教拼音时，你说这个是“b（波）”；这个是“a（阿）”，孩子就偏要说这是英文的A、B。普通话拼音与英文字母相同，所以学生总是分不清楚，这可让曼君伤透了脑筋。她便开始琢磨，怎么样才能让孩子区分英文与汉语拼音？她想出了一个办法，就是用彩色笔把相关内容的图片画出来，“b”下面画一个菠萝，画一支铅笔，给学生一试，他竟然明白了。之后便依样画葫芦，每教一个拼音就编出一个图画来，慢慢就将这些图片积累下来。后来，曼君又觉得自己画的实在太难看，便找女儿的绘画老师帮忙用电脑画出来，颜色鲜艳吸睛，形象生动有趣，她再将每一个图片编上一个小故事，图文并茂。学生一看就喜欢得不行，学习的劲头更足了，她也教得更起劲了。

曼君一路教一路摸索，看到一页页自己编制的“教材”，一个念头忽然闪过：倘若这本教材不慎流失出去，别人拿去出版了，那就有版权的限制了！于是她把图片打印出完整的一份给她供职那间机构的老板看，老板既惊讶又欣赏，说这个应该出一本书才对呀！曼君坦承有这个打算，但自己没有出书的资金。老板爽快地说：没问题，出书的钱我来出，版权咱俩各占一半，你同意吗？曼君笑眯眯地说：我当然高兴了！没想到一个念头竟然促成了一本书，自己都觉得难以置信。

“着手准备的时候，我就想着这本书应该请普通话教育界一位知名人士来写序，结果那位老师翻了翻我的‘书稿’说：我觉得书就没有必要出了，这个肯定不赚钱，其实就这样用来上课也挺好。后来这本书的序我就自己写了，包括校对都是自己一个字一个字地完成，我觉得只要自己做的事是正确的，是值得做的，就不会受任何人影响。后来，由于我的坚持，就有了《图像拼音》一书的诞生。比较欣慰的是，这本书出版以后，买书的几乎都是身边这些普通话老师，她们觉得对自己上课很有帮助，也很容易启发孩子的思维能力，起到事半功倍的作用。在普通话教育界里面，包括内地，都没有像《图像拼音》这样的有全部的拼音字母，包括声母韵母都有配图及文字这么全面。能够对老师们上课有所帮助，这是我觉得最快乐也最有价值的事。”

曼君到香港十二年，光是读书就读了七年，她说挣来的工资全部都交学费了，还好丈夫支持自己，连丈夫的家人看到她这么努力，都竖起大拇指赞她好样的。这么多年来，她的生活极其简单，每天不是在去教课的路上就是在上学的路上，完了第一时间就回家陪丈夫孩子，给家人做好吃的。她很少逛街，从来不买奢侈品，穿着也十分朴素，不论周遭如何喧嚷，她都守着一方净土，安静踏实。每天回到家，女儿做功课，她也做功课，然后有一天，她回到家舒服地躺在沙发上，正在做功课的女儿忽然冒出一句：妈妈，你怎么还不做功课？别想着偷懒哦！当时曼君不禁一愣，然后忍不住笑了。在女儿眼里，自己的妈妈就像她的同班同学一样，每天结伴安静做各自的功课。如果女儿先做完，就在一旁守着曼君默默看书，这么多年来彼此已经习惯了。当时曼君心里那个感慨呀！不知不觉，七年时间过去了，学业完成了，女儿也长大了，或者换句话说，她其实是与女儿一块成长的。在这七年里，多少困难艰辛都捱过去了，自己收获不浅，女儿也养成了一个爱读书的好习惯。

前年，曼君所在那间颇有名气的幼稚园要出校本课程，主要以德育为主。希望孩子从小接触一些中国传统文化，校董说："你们想想，孩子读《两只老虎》《大苹果》是学习，读'父母呼，应莫缓'也是学习，为什么不让孩子们学习经典呢？"曼君语速有些急切地说："我非常认同校董的话，从普通话教学的角度来讲，单是学语音的话，《大苹果》与《弟子规》都能学好语音，但是从意义或内容上来讲的话，我们就应该选一种既让孩子学到语音又学到内涵的教材，我觉得这个概念很好。你看这句'父母呼，应莫缓'，里面有 F 音，有 M 音，有 H 音，这一遍《弟子规》读下来，各个音节都有了。如果就让孩子读《两只老虎》之类的教材，不要说大学，就是小学生也已经不愿意读这么幼稚的诵材；而读《弟子规》《三字经》这些经典的话，哪怕到了六十岁、八十岁，一辈子都会受益。所以我认为普通话教经典真是非常好，学校的期望就是让学生从小接受德育，我们学校的校训一说起就让人精神为之一振：先求人格，再求卓越。就是说你的知识、技能是其次，人品人格才是最重要的。"

曼君现在身份有所变化，她被抽调到校本课程编委会，专门负责学校新校本课程的编制。她与同事们用全新的教学理念结合传统文化以及汉语拼音，为学校编写了一套二十四本的幼儿普通话经典教材，内容囊括八大范畴——语文、数学、音乐、体能、科学、常识、德育、礼仪，教材图文并茂，极富内涵。她觉得自己蛮幸运，但还是坚持，每个时刻都要努力，也不要害怕吃亏。在这个过程中，收获了太多的东西，也得到很大的提升。她自我调侃道："这个教材编完之后，我还是会要求回到普普通通的普通话教职，我不想做班主任，不想做什么大事，一句话，还是想早点回家陪孩子。哈哈，我就这么点出息。"她就是用"这么点出息"做了那么多的事，而且保持低调。

曼君这一路走来，想想真的不容易。从餐厅服务员，到私人汉语辅导老师，再到专职普通话教师；考取初高级普通话教师资格、语文学学士学位以及香港教师教育文凭；到新城电台做普通话推广节目，还默默地出了一本自己编校的教科书，现在又在编一整套幼儿普通话经典教材。这一切还是在照顾家庭与女儿的同时完成的，说来那么简单轻松，游刃有余，个中的艰辛也只有她自己知道了。

她满眼喜悦地说："朋友们说我好学，我这样不断学习，其实是因为自己心里总是觉得不踏实。笨鸟先飞，若不刻苦一些用功一些，怎么能追得上别人的脚步？每一步的经历，都是帮助我成长，没想到一鼓作气走下来，竟完成了很多自己意想不到的事情，这也完全是源于自己内心的坚持。我一直坚守着，在自己还没准备好的时候，绝不轻易去做任何事。比如我供职的机构曾让我去尝试一些不熟悉的课程，收入应该会更可观。但我觉得不能够因为可以多赚几个钱就去糊弄学生，糊弄家长。于是我就跟她说，我还没有足够的能力，对不起，我不能答应。一个人总要坚持点什么对吧？所以直到现在，我都一直没有教朗诵的课程，很多家长都有期望，我知道自己没有本事教一个冠军出来。但是其实这些年来我一直在报读各种朗诵的课程，包括评判课程，在不断学习中获得很多知识。我觉得自己具备了评判的水平，但不具备指导的能力，所以我一直没有教。我始终相信，机会是留给有准备的人的。”

说到传统文化的传承，我们感慨香港成为英国殖民地的一百多年，中国传统文化被英国文化大肆侵吞和覆盖里，出现了一个断层。香港回归之后，我们这些所谓的新移民，我们这一群普通话教育工作者，都像曼君一样，在不同的岗位上，以一己的实践，一点一点地弥合着这个断层。

两个多小时的长谈，我们沉浸在她的故事以及共同的回忆里，窗外的花香不断袭来，我们面带微笑，内心愉悦。曼君说曾经跟女儿提过一个比较深奥的问题，她问女儿人活着的意义是什么？女儿一脸懵懂地看着她说，人活着的意义就是和爸爸妈妈在一起。她一边暖暖地笑着一边为孩子天真而质朴的想法感慨，说那一刻不知道为什么脑子里忽然闪过一个念头：人活着的意义就是传承。从简单的家庭菜式、生活起居开始，你要把上一代好的东西传承下去，包括生活习惯、为人处事等，各个方面的知识、闪光的思想等等。一个家庭值得传承的东西已经不少，更何况是博大精深的中国文化？所以，身为教师，任重而道远，文化传承，是我们今生不可推卸的责任。

四

“人家说一夜白头，我没有那么夸张，但真的是一年内满头黑发全白了。看着镜子里的苍苍白发，正是如花的年纪，却像个老太太似的沧桑憔悴，眼泪便一滴一滴往下掉，但又有什么办法？擦干眼泪，看着镜子对自己轻轻笑一个，眼泪又流出来，抹掉，再笑，反反复复，眼泪终于不会流下来了。”

夏雪给人第一眼印象，就是一个娇滴滴华丽丽的美女。她是各种名牌的忠实拥趸，香奈儿、爱马仕、路易威登、普拉达、古驰、卡迪亚、浪琴……包包、衣服、鞋子、手表、香水各式各样，一样不少。在许多老师还在“贫困线上挣扎”的时候，她就是那种为数不多的开着宝马到学生家中上课的普通话老师。用她的话说，我不偷不抢靠勤奋努力赚来的钱，干吗不买喜欢的东西犒劳一下自己？你们爱眼红就眼红，爱说啥就说啥，美丽的事物谁不喜欢嘛！

与她相识已经有十五年，那是在一次教师培训课程中，后来又一起参加教师合唱团，再后来她开了普通话中心又合作教一些学生课程。夏雪个头不高但皮肤白皙，是典型的四川美女模样，唇红齿白丰满婀娜头脑清晰口齿伶俐爱憎分明，这一溜儿的形容词就像她说话，不带标点符号，一口气说一长串，你不得不佩服她的那股子精气神，怎么掏也掏不完，用也用不尽呢！

薄暮时分，街灯已渐次亮起来，我一路紧赶慢赶，到达牛头角夏雪开的那间普通话教育中心时，她还在给学生上课，我便安静地坐在一旁等。

夏雪正在耐心地给四个孩子讲解中文里的多音多义字，她用一句话巧妙地串起了一个“着”字，四种发音和含义都包含在里面：你这着（zhāo，名词）真绝，让他干着（zháo，动词）急，又无法着（zhuó）手应付，心里老是悬着（zhe）。孩子们跟着汉语拼音一遍遍读，很快便领悟了每一种发音后面“着”字的意思，有个男孩更现学现卖：“夏雪老师，您这着真绝，让我们一点都不着急，心里也不再悬着，很快就能着手应付了。”夏雪乐得差点喘不过气来，大大赞扬了孩子聪明机智。我在一旁也忍不住笑了，她这一着可真管用，生动有趣，内容丰富，很让学生受用。

家长来接孩子，夏雪很认真地跟每一位家长详述孩子学习的内容，上课的表现，上课的收获。家长终于带着孩子满意地离开后，她先一口气喝了一大杯水然后一下就瘫坐在沙发上：哎呀妈呀，这连续四小时教了几拨学生嗓子都讲冒烟了我的腰也快断了！看着累瘫了的她，我不由心想：所谓的风光不是天上“呼啦啦”莫名就掉下来的，谁的风光背后没有一些辛苦付出？谁的享受背后没有一些挥汗如雨的奋战？

我们在中心附近那家西餐厅柔软的沙发上坐下来，点餐之后夏雪的精神头儿似乎又回来了。她笑着说现在上课的条件如皇上般舒适了，在自己的中心，不用再东奔西跑，从前每天为了赚那点可怜的生活费，让自己的日子好过一些，港九新界全跑遍，腿都快跑跛了。

1995年，幼师专业毕业的夏雪到深圳特区一家国际幼儿园工作，与在香港工作的丈夫相识相爱结婚，九十年代末带着女儿来到香港定居。用她的话说那时的感受就是“从山庄到鸟笼”，住在老区的唐楼，每天上下都要爬十层楼，很是辛苦。首先是居住环境的巨大改变让她难以适应，其次还要忙着到处去找工作更是让她感到挫败。印象最深的一次就是从深水埗一直走到尖沙咀，因为不会广东话，也不懂得搭地铁或巴士，一向爱美的她，穿着高跟鞋，足足走了一个多小时脚都磨破了才到面试的地点。结果人家学校一听她满口普通话便表示不符合应聘资格，那一刻，心里别提有多沮丧了。皇天不负有心人，经过好几家幼稚园面试之后，总算找到一家开设普通话课程的幼稚园，学校给的工资不高，就六千元港币，但对当时窘迫的生活已经有很大帮助。

幼师毕业的她，有着丰富的教学经验，到学校任教不久，便深得校长和孩子的喜爱。因为自己教学能力强，又不怕吃苦，在学校遭同事嫉妒，老师们都有些排斥她，平时没事就自己一个人待着，没人搭理她。

那时候为了改善生活条件，夏雪拼命地工作。除了学校这一份正式工作外，夏雪还带私人学生并且到一间补习社教课外班。她能歌善舞，热情活泼，擅长朗诵，于是就发挥自己的特长，指导学生练歌排舞，教朗诵，排话剧，到哪儿都受到欢迎，学生和家长都非常喜欢她。

在香港要正式踏入教育工作者行列，必须持有政府颁发的教师资格证。热爱教学事业的她便报读了公开大学教师文凭课程，在担任多份教职的同时，还要兼顾学业、孩子、家务，那种辛苦，一般人难以想象。

"人家说一夜白头，我没有那么夸张，但真的是一年内满头黑发全白了。看着镜子里的苍苍白发，正是如花的年纪，却像个老太太似的沧桑憔悴，眼泪便一滴一滴往下掉，但又有什么办法？擦干眼泪，看着镜子对自己轻轻笑一下，眼泪又流出来，抹掉，再笑，反反复复，眼泪终于不会流下来了。不是有句话说过吗？生活虐我千百遍，我待生活如初恋。生活已经那么苦了，难道你还要让自己苦上加苦？那一年，教书、上学、带孩子、做家务，繁重的工作量和生活的压力，导致自己连续一个月便血，到宝血医院做手术，那时候三万多元的手术费可不得了，也没买保险，手术费还是跟朋友借的。我星期六做手术，星期天出院，星期一就上班，要还债，半天都不敢耽误。你可以想象那时候的压力和艰苦，但我还是咬着牙挺过来了。

"2004 年，学校开设了戏剧班和舞蹈兴趣班，校长让我全权负责。这是正常工作以外的一份额外收入，每堂课跟学校四六分成，能有七百多一堂课，对我来说，那是非常快乐的一段时光，做着自己喜欢的工作，而且付出终于得到了相应的回报。"

2007 年开始，夏雪用了近五年的时间，一边工作，一边完成了高级教育文凭课程、朗思国际学校以及童军总会的一个课程，专业方面得到了很大的提升，事业也越做越好。

然而那时她与丈夫的关系已经接近崩溃的边缘，夫妻俩就像是一个屋檐下的陌生人，三观完全不同，没有交流没有沟通更不要说有什么亲密的行为举动。家里所有开支都是夏雪负责，在外吃饭全部都是 AA 制，丈夫只管自己，不肯为家庭付出，也不愿意为任何人付出。这让独在异乡的夏雪心痛之余又无比清醒，那种由外至内彻骨的冷，那种刻骨铭心的痛，使夏雪更加坚定，必须要自强，只有自己足够强大了，才不会被生活的挫折压垮，才没有任何人能伤害自己。

爱情失意，夏雪的事业却做得风生水起，她欣慰而满足地说：身为一名普通话老师，学校认可你，家长欣赏你，孩子喜欢你，还有什么比这更幸福的事？推普工作看似平凡，但在我们这些勤勤恳恳普通话老师的努力下，局面也有了很明显的改观。想想从一开始来到香港时，香港各界对普通话的排斥、不认可，发展到像现今这样积极地推广普及，谁能否定我们的功劳？最起码学生在我这里，不单是学习普通话，《木兰辞》《三字经》《千字文》包括成语故事等传统文化也是必学课程。中国文化博大精深，传承着五千年的悠久文明，古汉语文言文璀璨夺目，而成语这一中国语言艺术的瑰宝，更能让我们对中国的文字、文化底蕴心悦诚服。掌握好了成语，既能出口成章，亦能下笔千言，语言表达需要深厚的文化积淀，学习成语不失为一种行之有效的好方法。不仅对孩子未来的语文学习和考试有帮助，对他们一生的口头表达能力和文字表达能力的提高都会产生事半功倍的作用。

"我常把成语串成一个个故事，让孩子们朗读，甚至分角色演绎，让他们学得乐在其中。其实成语就是浓缩的历史，读成语便可知古鉴今。学成语并不是脱离语言环境，而是为孩子提供一个超越时空的语言环境，从中了解中国历史文化。往往一个成语就是一个寓言故事，一个成语就浓缩了一个重要的历史事件。学成语是学历史，同时成语言简意赅，富于哲理，还能教会我们很多为人处事的道理。我上课的所有教材都是我自己编写的，根据自己的经验、认知，也根据学生的情况和需求，针对不同学生编制不同的教材。在我的课堂上，必然是教育孩子从小就要爱国，任何时候，都不要忘了自己是中国人。"

在名牌幼稚园担任全职教师多年后，夏雪开始筹备开设个人普通话教育中心。她觉得东奔西跑的生活该结束了，很是渴望安定下来，有一间属于自己的中心，按照自己喜欢的样子布置起来，不再四处奔波。学生们开开心心来上课，来吸收课本以外丰富多彩的知识。她的愿望实现了，中心开业的时候，业界的各位好友都前来祝贺，在鲜花簇拥下的夏雪，由内至外地散发着幸福的气息。

中心开设以来，夏雪更加努力地经营这一份真正属于自己的事业，她觉得作为一名普通话教师，不仅要内心有爱，还要有方法，口传心授，言传身教，老师是学生最好的榜样。她认为，首先要爱学生，感动他们，收获的就一直都会是爱和感动。

“我和很多家长多年来一直像朋友一样交往，跟孩子们的妈妈更是亲如姐妹，互相称呼都是‘亲爱的’，完全没有一点距离。从前是我开着车到处跑，家长会很贴心地把 VIP 车位留出来给我专用。现在轮到他们山长水远把孩子送过来，还不时贴心地买一些好吃的点心来慰劳我，我过生日时还偷偷开群组为我组织生日会，送一个惊喜给我。有的孩子从幼稚园就开始跟我学习，直到考上大学才停止。家长很放心把孩子交给我，有不少学生住得很远，往往要驱车一个多小时才能到我这里，但家长们从没有任何怨言，心甘情愿地把孩子送到我这儿来。因为他们相信，孩子在我这里不仅能学好普通话，学好朗诵，学好中文，学好国学，学到很多学校里学不到的东西，更重要的是，能学会怎样做人，一个堂堂正正的中国人。”

我问夏雪这么多年来，在教学过程中，有没有什么难忘的事情？她笑着说难忘的事啊，难忘的事太多了！一时半会儿还真说不上来。歪头想了一会儿，忽然一拍手说：有了！有一次带孩子到北京参加一个全国少儿类的朗诵大赛，那个场地离下车的地方太远，而因为京城堵车严重，到达的时候，距离比赛时间不到十分钟。她穿着高跟鞋带着一群孩子拼命狂奔，如果迟到了，这一趟北京之行就算白跑了！后来觉得高跟鞋实在太碍事，也顾不上什么仪态和美丽了，“咔咔”两下甩掉鞋子，继续向前奔跑，在最后时刻到了现场报完到，我回头一看，一个随行学生的妈妈，一手提着我的两只高跟鞋，一手捂着胸口，气喘吁吁地跑到面前。我一下子惊呆了，才想起原来自己此刻正光着个脚丫子站在宽敞明亮的比赛大厅前，所有人都笑了，我也想笑，但看着家长提着鞋跑过来的样子，我的眼泪却想要流下来。就是这样的信任，就是这样的默默支持，感动无处不在。这位学生家长其实也是有些身份地位的，却毫不介意为一个普通话老师提着鞋在街头奔跑。我没有更多的话要说，人与人之间的好是相互的，我只是觉得自己肩上的责任更加重大了，一定不能辜负家长和孩子这番无条件的信任和支持。

2016 年 9 月，在夏雪和几位朋友的倡议及组织下，一个属于普通话教师的义工联盟正式成立，夏雪任义工联盟副主席兼秘书长，主要负责学术策划、活动组织以及网络技术支援。联盟成员来自五湖四海，计划为香港低收入的家庭提供免费普通话教学资源。同时，联盟还打算持续致力于国学的推广工作，让国学走进香港的课堂和家庭。作为全港首个普通话教师义工组织，目前加盟的香港普通话教师约五百多人，以普通话义工活动为主题，配合朗诵、读经活动、讲座、探访等多种形式，在全港开展公益教学及义演，探访老人院，关爱独居老人及弱势群体，支持在港小区、社团等公益活动。

夏雪说：“有一次到老人院公益教学活动让我感触很深。几位年纪最小八十八岁、最大九十四岁高龄的婆婆竟然用比较标准的普通话唱出了仅仅学了三个课时的《今宵多珍重》，其中一位婆婆反复说着：我很好学的，我很喜欢唱歌啊！你们什么时候再来？说的时候眼里满是期待，让人心生感慨。课堂上不断响起婆婆们的掌声、笑声和温暖的歌声，我真想对她们说，能够在九十岁的高龄，仍然对普通话充满热情，你们才是我们学习的榜样！谁说香港老人学习普通话不能成为一种时尚？谁说学习普通话不能成为老人们精神生活的更高追求？其实老年人学习普通话的热情一点都不比年轻人低。

“我觉得在香港的普通话老师们都不容易，来自祖国各地，远离自己的故乡亲人，在香港这些姐妹们就应该像家人一样，凝聚在一起，让大家在异乡的日子感到温暖。我也不否认一些人是跑来捞好处的，这证明全港教师义工联盟还是有点用处的，最起码有人还会想要利用它捞好处，能帮到别人总是好的，哈哈！”夏雪笑完之后正色道：“当然那是开玩笑的话，从事了这么多年的普通话教育工作，也见证了香港回归后的各种变化。回归是必然的，回归之后人的向心力是不可估量的。我们都是中国人，不应该有‘内地人’和‘香港人’之分。当然，广大的普通话教师在进行推普的同时也需要提高自己的文化素养，我们是一个‘窗口’事业，是与世界接轨的一扇窗，而不只是推广普通话这么简单。做人做事要有自己的眼界和高度，我们都知道团结的力量大，所以教师凝聚在一起是有百利而无一害的。我们要有一个清晰的认识，国家的荣誉感、民族的归属感、身份的认同感，对每一个推普工作者来说，实在是太重要了。”

在夜色渐深的路边西餐厅，冬日的风冷冷地包围着两个谈得起劲的女子，隔着精致的餐台，看着夏雪一脸明媚的样子，不禁想到她这些年的经历，那个当初对着镜子眼泪出来抹掉再抹掉，笑一个再笑一个，反反复复练习的女子，如今的成功似乎不是偶然的。又一阵寒风袭来，我们仍旧喝着冰凉的鲜榨啤酒，在风中举起酒杯，彼此相视一笑。服务员燃起身旁的取暖灯，明黄的灯光映着我们微热的脸，还有那颗不轻易向逆境妥协的心。

五

“网上流行一段话，要感谢那些伤害过我们的人，因为他们真的让我们快速成长。经历了那么多的挫折和磨难，如今再没有什么事情能够让我惊慌失措。”

与薇子认识了多少年，似乎已经模糊了，我们在旺角一家咖啡店伸出手指数岁月的时候，咖啡店女主人为我们这把年纪还保有白痴般的天真给逗笑了。这是我与朋友们闲暇时常常会来的一家小店，地处香港最嘈杂的地带旺角洗衣街一栋唐楼上，街道的名字一点诗意都没有，甚至有些粗陋，但是位于三楼的咖啡店却是我和朋友们心尖尖上常挂着的一个地方，这里有说不出的一种安逸，仿佛那道门一关，就把尘世间所有的喧嚣纷扰给挡住了。我们懒洋洋地窝在亚麻色棉布沙发里，喝卡布奇诺或者一壶银菊茶，吃精美的点心，吉他或钢琴曲随意在耳畔飘着，落地玻璃外是匆匆而过的人潮，这当然与我们无关，满室遍布的绿植让你心神俱安，时光的流动在这一刻放轻放缓。

说起入行的经历，薇子说自己当年是经过中介介绍，才走上普通话教学这条道路的。

“刚开始是教一个孩子，八十块钱一个小时，我觉得挺好的，自己原本就很喜欢孩子，而且教汉语拼音和会话对自己来说实在是太简单了。一切都很顺利，轻轻松松就上手了。后来又有一个家庭，是城中富豪，名字就不提了，住浅水湾，家里有五个孩子，一周五天都去，有专职司机负责接送，教孩子学普通话，月薪一万八。这个太吸引人了，我当即就答应了。到这个家庭上课，家长的谦和与低调真的让我重新认识了香港。原来香港的顶级人物是这样的，过着这样的生活，原来香港还有这么多有钱的人，以前总是在电视报纸看到的社会‘名流’，现在却每天都会接触，原来以为遥不可及的事，如今却每天真实地面对着。女主人也很好，极有教养，待人亲切又总保持着一种距离，我想这也符合她的身份。我每天八点就得到学生家里，浅水湾与土瓜湾都是湾，却此湾不同彼湾。我七点出门，从土瓜湾乘过海巴士到铜锣湾，司机接上我后再去到浅水湾，等孩子起床后一起吃早餐，愉快的一天就开始了。我从餐桌上教起，用普通话教他们礼仪、食物、器皿、用具等怎么说、怎么做，慢慢地建立起感情和信任之后，得到家长的同意，每天都会带孩子到超市去买东西，表面是购物，实际是场景教学。有时也带孩子们去公园和海滩，或者到餐厅喝个下午茶，任何消费都可以报销，家长给予很大限度的支持，就这样慢慢和孩子建立了深厚的感情。我一直坚守自己的教育理念，让孩子多接触外面的事物，从生活中学习普通话和其他知识，而不是强教强学，家长对我的课程安排也非常满意。在这个家庭，众多工人中有一个总管，就像电影里看到的那样，我们有什么需要就找管家，工资是女主人负责支付。他们家的孩子出门不是开玩笑的，一个孩子一个保姆，五个孩子就有五个保姆跟着，再加上司机、保镖，那阵仗让我还以为自己在拍电影呢！那种感觉很难说清，每一天都仿佛在真实与虚幻中穿梭，只觉得发生的这一切太不可思议，然而又确确实实每天都在你面前发生。

“富豪家里不单是请普通话教师，还有中文、英文、数学、钢琴、绘画等各个不同学科的专职教师，分得非常细致。当时普通话在香港还不是那么盛行，家长就想到了让孩子学习普通话，说明他们有这个意识和远见，看到了世界发展的趋势。这让我们这些教师自己也意识到，这些家长或机构舍得用高薪聘请普通话教师，侧面说明回归以后，普通话作为求学、求职、交流的一项必备技能，是有识之士的共识，也是大势所趋，它的前景是非常值得期待的。”

薇子每天从浅水湾巨大的豪宅回到自己土瓜湾的小屋，心里那种感慨真不知该对谁说。仿佛时辰一到，灰姑娘就必须回到自己的世界，什么王子、马车、水晶鞋，都是梦一场。她摇摇头笑笑对自己说：每个人的命运既有上天安排，也有个人后天努力。想要过更好的生活，就必须不断努力。这份持续了三年的家教工作，让薇子最大的感触就是见识了香港的上层社会的生活，原来生活是可以跟自己想象的不一样，原来还能更上一层楼。这间接地激励了她，不要安于现状，要更加努力。薇子开玩笑说，那段日子教学没什么特别，也没有什么困难，孩子们都很乖，很尊重老师。最大的感受就是，每一天都会发生让你从未见识过的事情，于是震惊，不断地在震惊，站在“食物链”顶端的成功人士，刺激了她的“吃货”本能，对人生的态度变得更加积极努力了。

“一个新移民，要想在香港社会生存，尽快融入到这个社会，就必须出外工作。通过工作，你可以了解到香港社会的方方面面，了解到民生。甚至通过平日里乘搭公共交通工具，你都能看到这个社会里面各种各样的心态。就连在菜市场跟卖菜的卖花的阿姨讨价还价，然后遇到态度好的还会打趣一句，今天喝什么汤好呢？于是阿姨就会耐心地告诉你这个季节该喝什么汤好。比如秋季干燥，她就会跟你说，最近干燥呀，买几只梨回去。我说天气干燥跟买梨有什么关系？她就会告诉你，傻丫头，回去炖一碗冰糖雪梨糖水喝，即刻不就润回来了！如果喜欢的话再放几片雪耳，那就更好。我‘哦’地一声恍然大悟，生活原来可以这样。我的那些阔太家长呢，每天吃的都是燕窝牛奶炖椰子，也是温润滋补的妙方。平民百姓有平民百姓的活法，上层社会有上层社会的活法，他们在各自的世界里快乐或不快乐地活着。这就是香港。”

往杯里续咖啡的时候，腾起的烟雾让我们的眼睛都变得有些迷蒙。薇子说，人最怕回忆往事，但又往往不自禁地想起很多不该想的陈年旧事。

“那是1994年吧，当时刚从山西来到深圳，在香格里拉大酒店做楼层管理工作。”薇子的声音低沉而性感，整个咖啡馆小小的空间立刻充满了故事。

“那时青春年少，美得不像话，身边总围着这样那样的追求者。当时出现了两个人，一个是酒店的部门经理，一个是香港的生意人，后来成了我的前夫，这是后话。部门经理是个超级暖男，跟他在一块，总是快乐得像个小女娃娃，他的那种体贴与温柔，那种无底线的宠，让二十二岁的我像掉进了蜜罐一般，整个人陷入一种甜蜜而依赖的情绪中。他是酒店重点培养的对象，总监有意提拔他当副总监，但提拔的过程就是必须到杭州、上海、新加坡甚至更远的欧洲等所有香格里拉去实习体验。因为喜欢我，他不愿意离开深圳，就算放弃大好的前程也在所不惜。他有一个儿子，是与前女友年少糊涂之下生的孩子，他们没有婚姻，分手后前女友一直用孩子要挟他，牵制着他，让他好几年都活得很压抑。遇见我之后，仿佛世界在他面前开了一扇窗，整个人又找回从前那种快乐的感觉。我们经常在下班后一起吃饭、看电影，彼此聊得很好很投契，那时他所有的关注点似乎都落在我身上，这样的情形之下，他怎么会舍得放下我满世界走？他说就只想天天守着我，就算当一辈子的部门经理也不在乎。总监不知道从什么地方听说他喜欢我，就把我叫到办公室谈话，问我为什么要阻碍部门经理的大好前途？其实当时我们只是处于有些暧昧的将爱未爱的状态，虽然彼此喜欢，有意发展，但我一想到他有孩子的问题，就有些踌躇不前。说实话我真的很喜欢他，他很会照顾人，人嘛虽然胖乎乎的但让我觉得很有安全感，对我温柔又体贴，我真是属心于他的。但是总监的话却让我有些气不过，凭什么说我阻碍别人的前途？当时也可以说是年少轻狂，实在太年轻，不懂得职场上需圆滑处事。我双手插进口袋，偏着头很拽地看着总监说：你凭什么说我阻碍他的前途？脑子是他的，脚也长在他身上，他要不肯去我有什么办法？又不是我拽着他不让他去。总监是个新加坡人，平时总一副高高在上好有修养的样子，这会儿被我这么鲁莽地一击，气得脸红脖子粗，拍着大班台对我吼：'你这么狂，是不是不想干这份工了！'我扭身就走，哼，悉听尊便！

"第二天我就从行政管理层被降到了团队楼层，用其他员工的话说就是从'天堂'降到了'地狱'。团队楼层是接待旅行社团队的，人整天出出入入，工作量大了很多，环境也差了不少。部门经理知道我被贬下'凡间'，频频到团队楼层来看我，送水果送点心，嘘寒问暖，更加紧张地呵护着我。总监的'眼线'报告了这一情况，他又把我唤到办公室修理一顿，我还是理直气壮地顶回去：他是行政主管，他要下来巡房，我也不能阻止，你是他上级，你干吗不命令他不准到团队楼层来？总监直接被气得嘴青脸绿，从那天起，我的楼层主管对我百般挑剔与刁难，让我吃了多少苦头和冤枉。五星级酒店虽然标准高，但大家都知道，团队楼层的标准是有所降低的，可主管以行政楼层的标准安排我的工作，每天累得我直不起腰不说，还随时被主管责问，这也不行那也不合格，这工作真不知该怎样进行下去。我知道是总监命他给我小鞋穿，于是就死忍着与他们抗衡，但心里那个委屈呀，都不知道跟谁讲。”

薇子的前夫这时候“乘虚而入”。他祖籍广东清远，是个典型的广东人，在香港出生香港长大，自己开公司做生意，是香格里拉酒店的常客。薇子在行政楼层上班的时候，常常在走廊遇见他，按公司规定，每次都会很有礼貌地打招呼问候几句，熟悉之后他会经常邀请薇子出去吃饭。一开始她总是拒绝，有一次下班从员工通道出去，刚走到大街上就撞到他，后来才知道他是故意去堵薇子的，当时实在推不掉，想想既然撞上了也算是一种缘分，便应邀一起去吃饭。那次吃的是潮州菜，喝的粟米鱼肚羹，那不咸不甜的味道，叫她实在是难以下咽，真的不习惯。那次对薇子来说真的是一次不好的经历，所以之后前夫再怎么约她，都被拒绝。她觉得两个人相处，谈得来是一方面，文化背景、饮食习惯也是很重要的，倘若要她跟这个男人一辈子喝这种不咸不甜的粟米鱼肚羹，自己肯定会早死的，不是会吃死，而是郁闷而死。

薇子继续说道：“酒店准备搞一次‘模特之夜’，歌舞俱全，最重要的环节是选一个深圳香格里拉小姐出来。每个部门要选送五个人，我们部门选了三个女孩参赛，比较活跃的我当然积极参与，那时候不用上班，每天排练。因为自己从小就喜欢文艺活动，在这么枯燥的工作环境当中，增添一些色彩，我当时觉得是件好事，所以对‘模特之夜’心里一直是愉悦和期待的。大家用了一个月时间，排舞、走秀、订服装，忙个不亦乐乎。到了联欢会头一天，临彩排之前，发现我们部门忽然多了一个人来参赛，这空降的女孩让我们先练的心里直嘀咕，不知道是什么回事。刚刚彩排完下来，主管就跟我说，选美活动你就不用参加了。我问为什么，主管说你就别问了，反正别参加就行，你的位置已经有人代替了。以我的性格肯定是要打破砂锅问到底的，凭什么不让我参加？主管被逼得没辙，只好说出实情，就是总监直接下令不让你参加的，懂了吧？总监的命令，谁也改变不了。我当时那个心情呀，别提有多难受！花了那么长时间，小伙伴们一起快乐地排练、走台，心里都揣着一个美美的梦，都彩排完了，第二天'模特之夜'就要盛大开幕，美丽的服装也都订好试妥，结果强行不让参加，这突如其来的状况让我简直既难过又气愤，但又真的是无可奈何，人在屋檐下，不得不低头。"

年轻的女孩独在异乡，受了那么大的委屈，一个人蹲在酒店员工出口捂脸痛哭，冬日瑟瑟的风吹来，人冷心也冷。薇子的前夫不知道是刚好路过还是故意等候，又在那个时候出现在她的身边。他也不问为什么，只是把她拉起来说，走，我们去吃火锅吧，天那么冷。薇子身不由己地跟着他走，到了一家川菜火锅店，两个人围着热腾腾的锅子，心情好过了不少。火锅是薇子的最爱，她忘掉了上次那个粟米鱼肚羹，慢慢跟前夫说起发生的这些事情，说起自己的矛盾与委屈。前夫当时说了一句话让她尤为感动。他说如果一份工作能让你这么进退两难，那你就不要做。没关系的，东家不打打西家，这里不好做，你可以另换一家酒店做。因为住的是员工宿舍，当时的情形也不允许薇子先辞工再去找工作，没有能力去租房子，所以才这么彷徨无助。前夫温柔的声音传过来：没事的，你尽管照着自己的心意行事，剩下的你都不要操心，这一切都交给我吧！薇子那时候的感觉就像是在大海里浮沉挣扎的自己忽然找到了一块"烂木板"。"现在形容是'烂木板'，当时绝对是我的'救生圈'。"薇子哈哈笑着说。

"模特之夜"的第二天，部门经理就被安排到上海出差，他也没有办法，不能因为要管她而违抗公司安排。这一段时间，她和前夫的联系也就密切起来，他也常常劝她，做得不开心就不要做，既然这么难不要勉强自己。老给你使绊子，干着也不舒心，以你在香格里拉的工作经验和工作环境，再找另一间酒店工作是不难的。或者你就当作给自己放个假，回去看看你妈妈。这一句话将薇子心弦最软的那一块给拨动了，内心波澜起伏，于是就哭得不行，那一刻她真的特别想妈妈。前夫把他那个翻盖的第二代摩托罗拉手机递过来，说想妈就给她打个电话吧！那时候通讯不方便，打电话要打到妈妈工作的厂里，还要转分机，分机弄完了还得去叫人，单是这个过程都要两三分钟。前夫那是香港电话，国际长途的电话费很贵，一分钟十几块钱，也不管了，薇子听到妈妈的声音从电话那端传过来的时候，忍不住号啕大哭，说想家了。妈妈一听着急地说，想家那就回来呗，家里啥都有，工作也没问题，快回来。薇子心里一下就踏实了，就是，愁什么呢？天塌下来还有老妈在。义无反顾地把工作辞了，总监看到她的辞职报告，立马就批了，等到部门经理回来，一切已成定局。

“他问我为什么不等他回来再做决定？我说等你回来有什么用？反正总监是不会放过你我的，你是跟我走还是我先走你后走？你有勇气和决心带着我一起离开吗？我不想耽误你的前程，这件事怎么做都会让你为难，而且你还有个孩子，这个孩子将来要怎么安排？他耷拉着脑袋，似乎已经接受了这样一个事实。其实如果当时他若担当起一切，勇敢地带我离开，我绝对会选择他。毕竟我是真心喜欢他的，他是我离乡背井到深圳喜欢的第一个男人，到最后只剩下无奈和遗憾，那一刻，这个人就从我的心底抹去了。

“之后顺理成章地，我找到了另一份工作，前夫帮着租了一间房，是与房东一家共住的。九四年的深圳，在火车站附近租那么一间小房子也要一千多块钱，等于一个月的工资，你说凭我自己的能力哪里能做到？我现在回想起那间阴暗潮湿的小房间心里还有阴影。搬去的时候是夏天，深圳的那种湿热让人真受不了，房里又没冷气，所以就经常穿个吊带在房间里晃悠。房间有个小小的天窗，房东总是趁老婆不在家的时候站在外面的沙发上偷看。不知被偷窥多少次，有一天终于被我发现，我惊声尖叫，把那老色鬼给吓得从沙发上摔下来。我也不敢出去，也没有电话报警或打给前夫，就一个人瑟瑟发抖在房间里哭。第二天前夫从香港过来找了另外一套复式的新房子租下来，我搬过去之后，两个人就正式同居了。一年后打算结婚，家里却说本命年不能结婚，于是只有等到第三年，1997 年，我和前夫回家举行了婚礼，这就是我的 1997。结婚后拿三个月探亲证往返于香港与深圳，每次过海关就被人追着要电话，因为年轻貌美嘛，自己又喜欢穿吊带、短裤，走在街上回头率百分之百，还总是被警察查身份证，一上街就被查，我都奇了怪了，我这是脸上贴了标签还是咋的，难道我长得像坏人？有时夸张起来一天给警察查三次身份证。警察问来香港干什么？于是就没心没肺地说来玩儿呀！警察说玩什么？来工作的吧？我说就是来玩的，玩就是我的工作。警察又问我在哪里住，我答说油麻地。警察立马用一种奇怪而复杂的眼神看着我：把你的电话、地址写下来。我也老老实实写了，回去跟我前夫一说，他笑着说傻妹，你被警察当成特殊行业工作者啦！我还一头雾水地反问，啥叫特殊行业工作者？前夫指着我的衣服说：一般正常的香港人，哪里会像你这般穿着暴露！还化那么浓的妆，又说住在油麻地，这里是有很多凤姐楼的，所以你不被误会才怪。那时我才反应过来，原来自己被警察误以为是小姐，从此就不敢再穿吊带背心小热裤了。”

五年后薇子拿到了香港的定居证件，俗称“单程证”，一般探亲的证件称为“双程证”，因为有去有回，在规定时间内双程往返，所以叫“双程证”；定居者则是去了就可以留下，拿正式的香港身份，七年后可以拿永久身份证，所以称为“单程证”。那时候她的大女儿已经上幼稚园，前夫在土瓜湾买了一套房子一家人就在那儿安顿下来。薇子就开始找工作。经过中介介绍，她开始走上普通话教学这条道路。

“后来我还给李嘉诚旗下的长江实业集团员工上过课，集团的售楼处和物业管理部，他们业务能力虽强，但普通话水平却很差，很多时候没办法跟内地客户交流，所以公司就赶紧请普通话老师来教。那时候真的是从简单的数字开始教起，从一至十，十到一百，好容易才读顺口了。还有的客户会按照一些老习惯将零读为‘洞’，跟销售部的人说什么洞拐洞拐，他们完全就傻眼了！上课时问老师什么叫‘洞拐洞拐’呀？然后我就解释给他们听，‘洞’就是零，‘拐’就是二……”

说到这，我忍不住打断了她：薇子小姐，拐好像是七呀！我们小时候不是老玩一种游戏，洞拐洞拐，零七零七，这样喊的吗？她说二不是拐了一个弯，那还不叫拐吗？我哈哈笑着说，错了错了。应该是七才对呢！她说完了那教错了。我双手合十，佯作忏悔的样子说：多年以后，薇子小姐发现自己教错了学生，现在也弥补不了喽。她说忏悔忏悔，必须忏悔。我说好在这一套早就不说不用了，不然这可就影响深远了。

玩笑过后，薇子一面思索一面说：经过这么些年的教课，发现普通话课程涉及的范围可以更深、更多、更广泛。教了这些房产中介公司之后，我才知道，原来香港在金融和贸易上跟内地真是紧密联系着的，有这么多公司这么多银行利用午休时间开设普通话班，你就可以看出，什么叫形势所迫、大势所趋。而学校方面，自从香港政府推行普通话教中文以后，对普通话教师的需求更大，要求更高了。

“这些年所教的学生中，有不少孩子的父母是说英语的，所以孩子的第一语言就是英语。其中有一个学生刚开始很抗拒说普通话，之前请过几个老师，都搞不定这个不肯开口的孩子。后来妈妈找到我，原本也不抱什么希望，就想着能让他开心或接受就行。去到他家里的时候，我没有按习惯打开书本一直读读读，而是与他一块吃东西，看到孩子喜欢吃什么，就说你喜欢吃的这个东西，老师也好喜欢吃呀！然后一面吃一面看卡片，从动物开始聊起。孩子睁着双好大的黑眼睛看着我，那种深不见底的茫然和空洞让我不由有些心疼，这么小的孩子，却要逼他学一种完全陌生的语言，确实是件难事。后来我就想了一个办法，一起吃苹果，然后不断说‘苹果’‘吃苹果’‘好吃’，用各种动作，各种声音，再配合上各种图片，甚至视频，孩子的眼神慢慢从深黑不见底的无助与迷茫，变成了弯弯的月牙形，他由心发出的笑把我打动了，我知道，这个孩子已经从心里接受普通话了。后来家长跟我说：薇子老师，昨天孩子很神奇地在吃饭的时候说了一句，我要吃苹果。他之前在家从来都不说的，现在竟然肯开口了，让我好激动，真的好感谢你。这之后孩子越来越喜欢学，一年后，已经说得满口流利的普通话了。

“一对一教学与大班上课是完全不同的，每一个孩子都有他独特的一面，每一个孩子都有他性格上的优点和缺点，在上课的时候，我会特别关注小朋友的心理变化和不同反应。比如有一次给孩子们讲‘呆若木鸡’这个成语，怎么讲他们都不明白，于是我就装作若无其事地说，我今天看到了一件什么事情，特别让人惊讶，你们有没有遇见过让你们吃惊的事情呀？孩子说没有。我就引导他们，比如早上赶校车，到了上车的地方，看到校车刚刚开走了，你会是什么表情？然后我就做了一个夸张的表情表现‘呆若木鸡’的样子，他们的兴趣就来了，是的是的老师，我们试过这样，然后一面咔咔笑着一面学我做夸张的表情。我又问他们见过木鸡没有？孩子说只见过木头人，对了老师，木头人不会动，那木鸡也是不会动的啦！我乘势又把‘目瞪口呆’拿出来对比，让孩子分别用表情和动作表现出来，让他们知道这是近义词。我认为老师就应该引导孩子从生活中去发现与之息息相关的词语或成语，这会让他们记忆深刻，这堂课的效果很好，孩子们争先恐后地说还遇到过这样那样的事情，都可以用上这两个成语，话匣子就这样打开了。

“还有一个孩子，在幼稚园大班朗诵课上，开始他非常胆小，总是自己抬张小板凳坐在角落里，很胆怯的样子。我一开始已经留意到他，就叫他到我旁边，坐在我大腿上，跟我一起做小老师，学生起来读的时候，我就悄悄在他耳边问读得好不好？刚开始他还不好意思说，忸忸怩怩的，过了一会儿就开始跟我说好或不好。然后我就问他，那你觉得是大声好听还是小声好听？他说大声好听。做小老师让他找到一些自信和成就感，几堂课下来，我看他的情绪有了变化，眼神也有了变化，就让他试着慢慢大声朗诵，他开始还是很小声，后来多练几次就渐渐大声起来，从此以后，一上课他就很自觉很积极地抬着小板凳跑到前面来坐了。”

我问薇子在学校教朗诵与个人辅导有什么本质上的区别？她说：“其实在学校教朗诵是一件苦差事，是一件收入和付出不成正比的事情，那为什么还要去做这个事情？你培养一个孩子，付出很多心血，看着他一点一点成长，你的心情是愉快的，欣慰的；而你教一群孩子，付出更多的心血和努力，看着这一大群孩子快速地成长，那种满足感与自信是无法用语言描述的，可以说是欣喜若狂啊！你想想，在学校教集诵，这么一大批孩子，要让他们在短时间内，做到声音统一、动作统一，还要不同声部错落有致，这想来简直是一件不可能的事。但是在指导老师专业、悉心、有技巧的训练下，孩子们齐心协力，做到了这一系列的要求。在短短时间内，一群顽皮的娃娃竟成为一支训练有素的队伍，那种巨大的满足感，能不让你欣喜若狂吗？说真的，看到这帮可爱的孩子团结合作的成果，我捂着自己的胸口，感动得说不出话来。”

薇子每天都奔走在各种课堂的路上，上完学校上私教，奔走于港九新界之间。用她的话来说，毫无疑问地，自己每天不是在上课就是在上课的路上，仿佛她来香港的使命，就是上普通话课，就是在各种奔跑的路上。有一段时间，她小腹常常觉得坠着疼，于是到广州某著名医院去做身体检查，结果出来后，医生用一种同情的眼神看着她说：子宫里长了个东西，你这病有点麻烦，必须先用某国进口的药，这个药我们医院没有，这样吧，我给你一个电话，你试试联系这家药店吧！薇子一下给吓蒙了，就问医生自己到底得了什么病？医生模棱两可地回答，这个我不好说，反正有点严重，为免扩散，必须赶快治。薇子回到家，越想越觉得医生的话有弦外之音，难道自己患了不治之症？子宫癌？她越想越害怕，薇子刚好经历婚变，丈夫在外面各种胡来不说，后来竟然直接和别人同居了。在离婚官司中，薇子见证了一个男人从“一切都交给我吧”的担当，到要各种手段转移财产，对女儿不管不顾，那般的无情和无耻，简直让你不敢相信人性竟然可以如此之恶。自己人生遭逢如此巨变，现在身体又出了大问题，她觉得上天怎可如此不公平，怎么能把一切的好瞬间收回，把她直接摔向无底的深渊。她真的要崩溃了，不知自己该怎样才能爬出这无底的深谷？看着两个天真可爱的女儿，想到死亡很有可能即将来临，不禁悲从中来，躲在房间里一直哭。那一段日子，她每天都躲在房间里像只受伤的母狼那样，对着墙壁哀号，课也没法上了，人一下憔悴了很多，进口药很贵，她还是咬咬牙买了，每天坚持吃。后来她母亲知道了这件事，觉得医生模棱两可的态度有问题，有病不需要到医院治疗只要吃进口药就好了吗？就叫薇子赶紧在香港再做一次检查，薇子听母亲话又做了一次检查，结果只是子宫内长了息肉，没什么大问题，不用手术，正常吃药就能消掉。这一下把薇子给气的，医生为了赚钱联合外面的药店，合伙骗病人的钱，没病说成有病，一点小病说得跟绝症似的，简直就是医德丧尽，操守尽失，可能很多人本来没病都给吓死了。但是通过这场虚惊之后，她开始反思自己的生活和工作，从前自己一心为了家庭和孩子，拼命工作，每天马不停蹄地奔走于城市不同的角落，顾得了别人家的孩子，自己的孩子却疏于照顾和陪伴。她开始减轻工作量，钱是赚不完的，但是自己的健康还有与亲人相处的时光却是什么都换不回来的。

说到这儿，薇子叹息了一声，幽幽地接着说："网上流行一段话，要感谢那些伤害过我们的人，因为他们真的让我们快速成长。经历了那么多的挫折和磨难，如今再没有什么事情能够让我惊慌失措。"

如今的薇子，依然每天风风火火行走在上课的路上。一帮相处得来的圈内朋友，来自不同的远方，大家常常不定期聚会，吃饭、喝酒、聊天，互相治愈，互相疗伤，互相扶持，互相成就。在异乡的许多日子，无论灯火辉煌或黯淡无光，性格直率的薇子，总是火一般豪情万丈。没有什么坎儿是过不去的，正如薇子所说，不再惊慌失措，便是安之若素。

六

“当中文教学蓬勃发展的时候，可能内涵的东西反而就变少了。不是我们懂得说普通话就行，而是要接受传统文化的教育，做一些更深层次的东西，挖掘更深层次的文化。”

婉玲是我曾经合作过的一间普通话机构的负责人，她与众多的采访者有点不同的地方，就是她不是来自内地，而是来自台湾。

我和婉玲相识于一次普通话朗诵大赛，我是大赛的评委，她是主办机构负责人。她说话的语气显然与我们每个人不同，是那种典型的绵绵软软的台湾女生腔，我问她是不是台湾来的，她答说是的，台湾高雄。

那次朗诵比赛我至今难忘。会场设置在铜锣湾礼顿道木球会高级会所里，正厅可容纳一百人左右，中间是一个小舞台，参赛者就站在那个小舞台上比赛。舞台侧面是一个稍小的偏厅，稀奇的是，里面摆了精美的自助餐，任参赛学生和家长享用。我当过坊间这么多比赛评委，从未见过哪家机构会提供食物，更不要说是配备这么高档的自助餐。我当时是有点惊讶，但也没有多说什么，只知道这样办比赛肯定是要亏大本的。我心里对温柔的婉玲印象一下子更好了，因为很多机构就是靠比赛赚钱营利的，就算不是为了赚钱也要想着怎样才能减少成本，用最少的钱去办想办的比赛。但是婉玲不同，她是那种追求完美的人，既然要办，就要办有品位有质量的比赛，贴钱也在所不惜。比赛完毕后，每个参赛学生不管有没有获奖，都收到了一份精美的小礼品，真是惊喜连连。这让学生和家长觉得非常温暖贴心，每一个到来的人都赞许有加。像她这样不计成本，只想办好一场专业朗诵比赛的主办方，我相信，肯定在学生的培养和教育方面有自己独特的想法。从那个时候开始，我们就成了惺惺相惜的朋友，多年来一直合作，婉玲机构每一年的普通话朗诵比赛，我都是要担任主评委的，这对我来说是一件值得期待的事情。

婉玲的先生是香港人，1991 年干爸的女儿嫁去香港，她也随行一起去，干姐姐的伴郎伴娘正在拍拖，于是认识了伴郎的朋友，就是她的林先生。后来干姐姐又回高雄摆结婚酒，香港的亲友团就被分散到高雄各个友人或亲戚家住，林先生被安排在婉玲家居住。婚礼结束后，他们几个朋友就相约周围去玩，晚上林先生和婉玲便一起回家。那几天朝夕相处，她觉得林先生谦逊有礼，极有耐心还很会照顾人，彼此亦很谈得来，婉玲其实已经芳心暗许，只是女孩家羞涩不好意思开口说出来。婉玲的父亲对小林先生观察了几天，觉得小伙子不错，做女婿的话是个不错的人选，于是有意无意问他一些问题，比如有没有女朋友呀？喜不喜欢台湾女孩？心目中的理想对象是怎样的？林先生腼腆地笑着，说没有女朋友，又说台湾女孩很好啊！温柔体贴，很有教养，说着不时往婉玲的方向看过去。婉玲心里暗自欢喜，红着脸转过头去。后来，两个人就顺理成章恋爱结婚，婚后婉玲申请到香港定居。

婉玲原来是学工程的，是一个土木工程师，这个职业会时时需要加班，下班没个定时。因为结婚生孩子的缘故，她觉得自己应以家庭为重，便改行到中环一间台湾人开的普通话机构当教师。这间机构的老板请了不少内地来的教师在中心教课，但她对这些教师都不是很信任。老板请了婉玲后，首先知道她跟自己一样来自台湾，就多了一分亲切，又见婉玲聪明细心，修养极好，且很有主见，对她更是看重，慢慢相处下来，愈加信任她，后来直接将中心的行政工作交给她管理，还把教师的工作也交给她。

“其实那个时候，短短两年时间，老板教会了我很多，我也学会了很多东西，但是工作量也是巨大的，每天一上班事情多得停都没得停。在大家齐心协力合作下，中心的生意越做越火，学生越来越多，我自己常常是超负荷工作。那个时候，因为年轻，也因为热爱，每天工作再多再累再辛苦也是觉得开心的。有一天，老板找我详谈，说希望我星期六下午也要回来帮手，因为学生多到没办法安排。我之前的两年内周六只上半天班的，但是因为每天的工作量太大，我已经感觉很辛苦，如果周六再上全天的话，一是家里肯定会有意见，二是自己身体有些抵不住，真的需要休息，于是我就婉拒了她。但老板坚持要我周六上全天，一直在那儿说要我加时上班，我也不妥协，坚持自己一定要休息，所以到最后不欢而散，我干脆说那不如我就辞职吧。老板着急了，因为长时间以来她一直依赖我，我如果离开中心对她来说影响会很大。我那时候去意已决，觉得自己捱不住必须要休养一段时间，她又着急上火地问我是不是学会了所有东西准备开一间普通话中心跟她抢生意？这一点反而提醒了我，对呀，待我休整一段时间，完全可以自己办一间补习中心的。于是我很诚实地对老板说，暂时没有考虑，因为身体原因，我需要休息，之后或许会考虑开普通话中心，但我保证，绝不会在中环范围内开，也绝不会和您抢学生。我当时觉得老板有这个念头对我来说真的是一种侮辱，平日里见她对老师们的各种防备和小心，家长和学生资料保护得很紧，生怕被人偷去了似的，那种防贼似的紧张，我都觉着不可思议，还有些看不惯。但是这一点后来我自己开中心才终于明白，为什么老板会这么紧张，普通话这个行业竞争是如此激烈，再加上一些操守不好的人，真的会带着中心的学生资源走掉另起炉灶，这对原本就经营得并不容易的机构会造成致命的打击。”

婉玲递了辞职报告以后，有一位台湾上大学时的师姐，在跑马地开了一间画廊，画廊很大，有不少空房间，她就找到婉玲，请她在那里办一个普通话班，希望能带来点人气，能够增加点收益。婉玲也很坦诚地告知中环这位老板，她有可能休养一段时间后，到师姐那边去开普通话补习班，还把跑马地那边机构的地址和名字都告诉老板，后来老板偷偷跑去看了那间画廊，回来跟婉玲说她去看过了，确实是在跑马地，也确实是间画廊，她没再多说什么。婉玲的离职，对中环这间补习机构影响不小，首先是之前机构的行政工作一直由她负责，其次是中心的老师跟婉玲感情很好，知道婉玲要走，有的老师还忍不住哭了，有几位老师也都纷纷要辞职，因为当时老板对员工的那种严苛与防备让老师们很不喜欢，因为婉玲恳求的关系，她们才勉强留下来，这下好了，一下子要走那么多人，机构怎么承受得了？婉玲一直按住她们，叫她们不要走不要走，但没有用，她的离开，迅速地带动了其他老师离去的决心。中环机构老板管理方面的失败，让婉玲从中感悟到不少，她觉得如果自己要开中心，绝不会犯这样那样的错误。这以后，婉玲心中还是会常常感谢这个老板，正因为当时看到了她很多错误的行事方法，对自己真的就是一个永远的警醒。

“2006 年，我休息了一段时间，就到跑马地师姐的画廊开办了普通话班，当时从一个孩子教起，上学校的常规课，用普通话读课文、认字、写简单的作文。由于自己的专业和认真的态度，对小朋友很有爱的样子，学生很喜欢我，每天下课了还不愿意走，家长看到孩子中文和普通话口语的明显进步，不但经常夸奖我的用心，还主动在妈妈圈里帮我做宣传。学生慢慢地越来越多，我感觉到自己一个人已经应付不了，就找之前一起共事的老师过来帮忙，没到一年，已经接了近二十个学生，老师也增加了两位。后来师姐画廊的生意惨淡，她无心再经营，便打算结束营业回台湾去。于是我下定决心，直接连师姐画廊的名字一起接手，正式开起了普通话及中文教育中心，也就是如今这间普通话教育中心。

“真正踏入这一行，我才观察到圈内一种普遍现象，就是大家基本都顺应时势，教一些非常浅显表面的普通话课程，我觉得当中文教学蓬勃发展的时候，可能内涵的东西反而就变少了。不是我们懂得说普通话就行，而是要接受传统文化的教育，做一些更深层次的东西，挖掘更深层次的文化，我因此而想到了国学教育。”

刚好中心有一位学生的家长，非常推崇国学，家长找到婉玲想让她加国学课。但当时中心没有一门课程是教授国学的，婉玲考虑了一下答应家长，暑假开办国学读经班。那一年暑假，婉玲自己花很多心思准备课程，由她本人亲自执教，教育中心正式推出读经班，走向了推广国学的漫长之路。

一年之后，越办越有口碑的普通话教育中心因进一步扩展，搬离跑马地，到租金昂贵的铜锣湾礼顿道“安营扎寨”，中心已经有了上百名学生，老师也超过了十位。婉玲悉心研究常规课程，还不时推出趣味学拼音、创意写作、儿童朗诵等课程，当然还有她最钟爱也是最大力度推广的一项——国学课程。

教育中心已经有了几位专门教小朋友读经的老师，从《三字经》到《千字文》，从《声律启蒙》到《论语》，老师尽量用生动有趣的上课方式带孩子读经，有时还会一边读一边加上与内容契合的动作甚至音乐。孩子们接受了一段时间的国学教育后，家长和老师都看到孩子明显的变化，他们变得更加谦让、友爱、尊重师长和为人着想了。学习传统经典让孩子们知道什么是礼义廉耻，什么是忠孝仁爱信义和平的道德伦理观，诵读国学经典让传统文化走进了孩子的日常生活，走进他们的家庭，规范着他们的日常行为，成为孩子们成长路上的“指南针”。

“起初几年一切都很顺利，因为是做着自己喜欢且有意义的事情，所以也没觉得累。我开始放手让中心的老师们上课，自己不再教课，而只是负责推广课程和中心行政工作。后来连这两项都交给了我非常信任也非常贴心的助手负责，我也腾出时间多照顾一下儿子和家庭，也可以做一些自己一直想做而没有做的事情。林先生多年来一直都毫无怨言地默默支持我的理想和事业，这一点我非常感恩上天的眷顾，我的家庭真的是我最强大的后盾。

“几年前，我和我的普通话教育中心遭遇到了前所未有的打击。我所信任的得力干将突然提出辞职，在我多番挽留之下，仍然去意坚定。其实当时我是有些慌乱和着急的，因为中心所有行政方面的事务当时全已交给她，包括学生家长的联络和关系的维护。她这一走，如果自己开中心的话，中心肯定会损失一大拨学生。但是担心已经没用，无论如何，自己一定要坚持住，倘若事情发生了，我相信只要自己不慌张不忙乱，一定可以挺过任何艰难的。”

助手果然自己另起炉灶，开了一间普通话补习中心，问题是她的补习中心也开在铜锣湾，而且就在几条街外。她托人传话给婉玲，说很感恩婉玲教会她很多东西，她一定不会抢中心的学生。她给自己立下一个规矩，半年内绝对不接收中心有意转过来的学生；半年过后，如果他们还想再转，她才会考虑接不接收。

“我想，尽管我能理解她想创业的雄心壮志，但无法原谅她有失我理解范围内的道德底线和行为举止。行有行规，我当年选择自己开中心，也是离开原老板的地区几个区域的，我也没有什么所谓的半年限定，这个太可笑了！你马上接与半年后接有什么分别？不是一样让中心蒙受损失？一个人做一件事的初衷很重要，一是为理想，二是为个人利益。我们不能说谁对谁错，三观不合，再好的关系，迟早是要散的。”

毫无意外地，中心的学生在几个月内流失了大半，不管他们的去向如何，肯定或多或少与婉玲助手在隔壁开中心有关。连续两年严重亏损，昂贵的租金让婉玲喘不过气来，她最终决定砍掉一半教室，租金的压力减小了，她才能保证中心的正常运营。

一间普通话补习机构的运作，不是外行人所想的那样简单。婉玲从老师到学生到家长到中心各样琐事，必须一一操心。她觉得很多时候，应酬家长要比学生的教育难搞得多。这一区的家长，非富则贵，有的很容易沟通，有的却十分嚣张。他们会对课程或老师百般挑剔，还会嫌收费贵，人说得理不饶人，有的家长简直是没理也不饶人，让人真不知怎么应对好。但是好脾气好修养的婉玲永远都是一副柔丽温和的样子，最终还是能解决家长无理取闹这种事。

中心如今走得算是稳稳当当，婉玲还与书法家合作，开办了书法培训班。国学教育作为中心未来要走的大方向，婉玲身为负责人，到处走访有开办国学课程的学校，前一段还带着读经班的老师一起到东莞一间国际学校考察，该校总部在香港九龙塘，校长很有意向与中心合作，共同开辟国学教育市场推广经典诵读，未来中心的专职读经老师，可能会不定期到广东两间分校帮忙进行教师培训，而在资金方面，对方也会给予最大程度的支持。

在婉玲九龙塘绿树掩映的家中，我们喝着她刚煲好的老火汤，吃着西式的点心，中西饮食文化互相配搭，一点都没有冲突。婉玲看着窗外的春色，微笑着说：人生就是一场修行，你怎么来，我就怎么迎。

七

“一路走来，无尽感恩。普通话普及之后，普通话教学或许会被淘汰，转型普教中是必要的。如今这个时代，已经扔掉太多传统文化，我认为用普通话教中文，才能更好地诠释中国文化，让我们的下一代将传统文化更好地传承下去。”

怡雯在普通话圈子里是一个传说。驾香车，着名牌，每天往返于香港与九龙之间，给富豪家的孩子上课，月入十万以上……

我想很多人心中都会有一个疑问，一个普通话教师竟然可以靠教课月入十万或以上，年薪过百万？吹的吧！可是我要告诉你，这是真的，此刻这位传说中的怡雯就坐在我的对面，温柔而清晰地讲述着她的故事。

她从河南来到深圳，在一家外企工作，周一至周五除了上班就是读书。周末不用上班，她喜欢独自背上双肩包到处走走看看，每周去不同的地方，改革开放前沿实在有太多新奇的事物吸引着年轻的怡雯，这座城市总让她觉得看不够。

有个周末刚好是怡雯的生日，朋友一早打电话来，说过生日不能一个人孤零零的，叫她这一周不要到处跑了，今天在家里请客，她先生不少朋友都会来，大家一起热热闹闹地给怡雯庆祝生日。于是怡雯就到了朋友家里，那一天有不少人，都是朋友丈夫的香港朋友，虽然怡雯一个也不认识，但是朋友们的热情友善却让她由衷感动。其中有一位男士对她特别照顾，总是有意无意走到身边和她说话聊天，后来彼此留了联系方式。那一晚告别之时，她看得出男士眼里流露出的不舍与好感。

“后来他就走进了我的世界，一个背包客变成了两个。每到周末，他会从香港过来陪着我去不同的地方走走，在慢慢相处和了解之后，两个人觉得有很多共同点，感情越来越好。”

一年之后，怡雯所在的公司给了她一个到广州进修财经课程的机会，为时半年，怡雯为了自己业务上更好更强，就到了广州学习。那时正是与恋爱中的他感情如胶似漆的时候，一个月见不到彼此，还能忍受，就靠书信和电话来缓解思念。

“两个月过后，他跑到广州来找我，很认真地对我说：怡雯，你能不能不读这个书了？嫁给我，以后不用出来工作，我会心疼你，照顾你一辈子的。对于一个漂泊在外的单身女孩来说，这些话虽然不是什么甜言蜜语，却直接击中了自己柔软的心。记得当时我感动得热泪盈眶，被他拥在怀中，觉得前所未有的幸福。”

“一年后，我们在香港举行了婚礼。原本没想着那么快要孩子，想继续把深圳大学修读的课程完成，却意外有了身孕，这时候就由不得自己了，只能休学。怀孕以后，我就以探亲的名义到了香港，三个月的探亲时间过了也没回深圳，一直偷偷待在香港待产。香港把这种情况的孕妇称为“单非孕妇”，指丈夫为香港永久居民而妻子不是；另一种情况就是夫妻双方都并非香港居民，但是孕妇却到香港产子，就被称为“双非孕妇”。其实那一段时间挺难捱的，因为当时属于非法居留，没有香港身份证，所以只能留在家里不敢外出，如果上街被警察查身份证就得被遣送回内地。为了孩子能够在香港出世，领取香港永久居民证，我只有忍耐。生完孩子之后，就开始做家庭主妇，没有外出工作。但我一直没有停止进修，在几年时间里，我读了国际美容师课程，拿到香薰治疗师的资格证，品酒师课程，还修了一个为期半年的中医治疗课。我不是那种甘于在家做少奶奶的人，必须不断学习不断充实才能找到自身的存在感。

“我先生的嫂嫂是香港赛马会伸手助人基金的一个干事，她带我加入了这个义工团体，常常去帮助一些有需要的人，参加老人院或社区一些大型活动。那时接触了很多人，也认识了一些朋友。其中有一位义工，现在任环保局助理署长，当时他了解我的情况后，给我提了一个建议，他说其实你应该利用你的特长来寻找适合自己的工作。我听后觉得自己有什么特长又能做什么工作呀？他就帮我分析，你如果从事别的自己不熟悉的工作，肯定争不过香港人。其实你有一个很大的优势就是普通话，随着香港回归，将来这一行业肯定会需要大量的普通话教师，你现在入行，算是很合时宜。听完这一番话，我还是有些犹豫。因为之前丈夫的嫂嫂也曾经介绍我去教成人普通话，但是我没去，因为丈夫不同意我外出工作，尽管心里很想，却始终没有跨出那一步。”

听到朋友也建议自己去教普通话，怡雯不由心里一动，但又觉得自己资历不够便有些犹豫。怡雯高中毕业以后，来到深圳半工半读拿到文学学士学位，这个学历香港并不认可。后来朋友建议她去报读香港大学或中文大学的教师资格证，当时两间大学都设有一个“入门试”，就是一个简单的英文水平测试。怡雯的英文水平实在是太差，两间大学的入门试都没有过关。她真的是有些气馁，觉得自己怎么那么笨，这么一个基本的英语水平测试，对于自己却难如登天！于是就开始打退堂鼓。朋友又介绍怡雯去考普通话水平测试，她先报读了中文大学一个普通话课程，从汉语拼音学起，学完之后又去学普通话教师课程，从初级、中级、高级一样样学完，然后才去考普通话水平测试。单是这个水平测试就考了很多次，因为那时她受河南方言的影响，声调常常会飘，说话有口音，四声全是乱的，所以很难冲过二甲，就差那么几分老是跳不过。

“我很感恩身边遇到的老师和朋友们，尤其是我在读普通话教师课程时认识的那些朋友，她们一直鼓励我。有一个朋友专门把香港所有开办普通话课程的学校资料都打印出来，然后选了几间她认为较好的学校用荧光笔标注好供我选择。其实当时我对香港的大学内心有一种深深的畏惧感，觉得自己没有踏入大学的门槛资格。十几年前，普通话还不像现在这样普及，去哪儿问个路也未必有人能明白你说什么，再加上对香港各区都不熟悉，自己一个人根本就不敢到处去闯，去哪儿都是心有怯意。朋友不单鼓励我，为我准备资料，还亲自送我去报名，是朋友的热情和陪伴让我终于鼓足勇气踏入校门，报读了香港大学的普通话课程。其实每一间学校的学费都不便宜，我当时还跟朋友笑说花那么多钱读书，将来还不知道能不能赚回来。朋友说你先别管，必须先装备好自己，倘若到哪天需要用了你才去学，那就来不及了。我听了觉得很有道理，于是全身心投入到学习中去。后来陆续报了中大、港大的几个课程，陷入一种狂热的学习状态中。我还报读了英文课程，开始是在‘明爱’机构学，后来香港本地的朋友说不规范，建议我到港大的校外进修学院学。我去报读之后发现自己连初级课程都跟不上，朋友就天天利用中午吃饭的时间来帮我补课。为了让我学得更好，朋友干脆直接将她的外国上司介绍给我，跟她学了两年的口语，才敢再去报读港大那个课程。所以我一直心存感恩，身边有一些眼界开阔的朋友，他们可以为你指出一些正确的有前景的路，让我不用兜兜转转走冤枉路。”

怡雯在入行的过程中，幸运地结识许多良师益友。在港大学习时的教授也非常好，当他知道怡雯的普通话水平测试没有考过一级的时候，便主动帮她补习，让她明确知道自己的错误出在哪里。怡雯也非常努力，她把六十篇范文的录音直接收纳在一个文档里面，随时在听在练习，不管是在车上或是其他场所，只要方便她就听。就这样一遍遍地听，一遍遍地读，反反复复练习，觉得自己准备好了之后，同时报考中大、港大、科技大学三所大学的水平测试，心想总有一处会通过吧？后来考获港大、科大的一级乙等，怡雯才松了一口气，这件事总算告一段落了。这些年来，她一直读着这样那样的课程，直到现在还没停，家里的各种证书多到没处放。她说不知道为什么，停不下学习的脚步，可能是自己信心不足吧，总希望通过学习不同的知识充实自己。她总觉得学无止境，要想做一名与时俱进的普通话老师，必须不断学习。

“开始教普通话的时候，我主要是教汉语拼音和说话，比较简单。教了两年之后就开始转为普通话教中文，这时就复杂多了，你得教语法、修辞、写作还有阅读理解等等。在国际学校教 IB 课程，发现他们的教学理念与传统的教学方式完全不同，国际学校在很多方面是以发现、探索的形式教学，老师如果没有找到一个好的教学方法，学生在学习的过程中就没那么容易掌握，自己也会教得很累。所以不断提升自己是必要的，你得与学生一起成长。内地来的老师还要面对一个难题，就是要从学习和使用了多年的简体字转换为繁体字，这也是要下一番功夫的。我当时养成了一个习惯，自己上课时抄书、抄笔记全都坚持用繁体字，不确定的时候马上查字典，一段时间过后，我基本上掌握了繁体字的写法。

“在香港教学生，第一笔顺不能错，香港学校很注重笔画的顺序，不允许学生有错；第二写的字不能错，因为简繁之间的差别，有时会混淆，所以我很坦白地跟学生家长说，当我很不肯定这个字的时候，我会查字典，我上课时旁边一定会备一本简繁对照的新华字典，必要的时候就用，以确保正确无误地教给学生，家长对我的认真态度也表示赞许。”总的来说，从最初踏入这一行到完全适应普通话这个行业，我花了几年的时间，这之前也花了大量时间去学习去准备，我教每一个孩子的时候都是认真对待，以不辜负家长和孩子的信任。

“我的第一个学生是一位外籍人士，德国人，零汉语基础，是港大的教授介绍给我的学生。教外国人普通话，这对我是一个极大的考验，就像教小孩子一样图片和文字并用，慢慢学单词，学口语。之后教授又介绍我去语言中心教一个夏季的暑期课程，教开之后得到家长们的认同，很多都来找我，让我到他们家去做汉语教师。我进入的第一间学校是颇有名气的国际学校，当时是因上教师文凭课程认识的老师的学校需要代课老师，于是她就找到我去代课。代了一段时间之后，校长亲自来找我，问我可不可以留下来做全职教师，当时因为教师文凭还没拿下来，只能做助教。国际学校有很开放的理念，他们会把各位老师的简介放在学校公告栏里，让家长自己选择，需要哪方面家教的话，可以直接联系老师。那时候就开始有不少家长慢慢找我上门去教他们的孩子。于是就两边走，白天在学校上课，放学后就去学生家做私教。我有两个学生家长是名牌幼稚园的校长，当时的我一开始还是有些胆怯，觉得校长会不会很挑剔，我的方法她们会不会满意？于是我很坦诚地跟家长说，不知道希望我怎样教她们的孩子？如果没有特殊要求的话，我就会按照自己准备的一套教材教孩子学习普通话。家长看我编排的课程那么全面，觉得很满意，就说全力支持我按自己的方式教孩子。说真的，那时候为了编这本课程，把香港所有出版社与普通话教学有关的书籍全都买回家来参考。有时候回家一看到那些书，我的心就不由得有些感慨，无论怎样，我做的事情一定要求自己做到最好，我总觉得自己内存的东西不够，怕要用的时候拿不出来，所以就必须不断充实自己，把自己的底子打得很厚很厚，确保能够很自信地去教学生，因为我既不能辜负家长的信任、学生的期望，也不能辜负自己的努力。我相信成功不是偶然的，只有用心准备一切，你在这一行才会走得更好更稳。”

自强自立的怡雯用尽心血在为入行教普通话做各种准备时，她一贯大男子主义的先生对此却很有意见。在他的观念里，女人就是要相夫教子，不能丢下孩子家庭到外面去工作，他觉得又不是他养不起，整天搞得自己那么辛苦干什么？不知是不是故意的，怡雯的先生有一段时期特别喜欢出去玩。他知道怡雯除学校和私教外有两晚要出去上课，很晚才会回家，结果他就故意不回去，约朋友跑到KTV去唱歌或者打麻将，常常彻夜不归。怡雯的妈妈一直申请探亲签证来帮忙带孩子，有时证件到期要回去续签，孩子暂时就会没人管，怡雯只能把孩子分头托给两个朋友帮忙带。周日一般是他们家的家庭日，之前说好各人有什么事都要放下，一家人到外吃饭、逛街看展览或看电影。她先生却总是在周六晚上喝得醉醺醺地回家，或是打麻将打通宵第二天没精神又不去了，最后只有怡雯自己一个人带着两个孩子履行这个约定。有一次怡雯周六打电话给正在KTV唱歌的他，让他记得早点回家，第二天要带孩子坐船去离岛游玩，他答应得好好的，结果十一点后电话直接关机，再也找不到人。怡雯觉得实在忍无可忍，便冲到她先生惯常去的那家店，像个疯婆子那样一间一间包房打开找，找不到又到另一家KTV继续找，那一晚她找了不知多少家店，敲了不知多少间房门，却始终没有找到那个人。在尖沙咀霓虹闪烁的街头，她泪流满面地走着，深深感受到独在异乡为异客那种无助的悲戚。

“说到教学生的故事，我想说我是一个不服输的人，个性里有些倔强的东西，无论是多难教的孩子，我都要想尽办法把他教会。不少孩子都有多动症，但我总有办法搞定他们。早期有一个学生住在西贡，那边的家庭都是比较有钱的，孩子每周上两堂普通话课。那个孩子让我记忆深刻。一堂课上下来，他可以将桌子转几个圈，按都按不住。我每天会准备六张字卡，加上学课文，学拼音，孩子要认识字，然后口头造句，算是比较灵活的课程。孩子能专注的话就十分钟换一换内容，不至于那么沉闷，下课之前再把所学的温习一下，孩子就基本上能掌握该堂的内容。我一般都会把上课内容复印一份，下课时交给家长，让孩子过后再读给妈妈听。家长看到孩子可喜的变化，感慨地跟我说他在国际学校学了几年，都不认识什么字，我这才教了几堂课，孩子不单认识了很多字，连课文都能一整篇读下来了。这太让人惊讶了！

“我上课第一是换着不同方法灵活地教，第二，我对孩子的要求他没得躲避，必须完成。这是我坚持的原则。我上课时跟孩子说，如果你不读会课文，今天我们就不下课，直到你读会为止，我说到做到。孩子看我认真的样子，知道要赖皮也没有用，只好老老实实跟我读。其实孩子就一个心态，知道躲不过，就会配合。当然我也是奖罚分明，孩子上课表现好，我会奖励他五分钟时间，轻松地说说话，讲讲故事，做做游戏。这种上课方式孩子也很受用，边玩边学，符合他多动的性格，孩子也越来越喜欢我，学得越来越起劲，课程进行得很顺利。”

怡雯教孩子学习普通话，一般都是读字卡，先拼读卡片上字词的发音，然后才了解它的意思。她只要一有空闲，就在琢磨怎样才能让孩子更加投入学习，她不希望孩子在听自己讲课时像游魂一般。如果某天上课发生这样的情况，她就会在回家路上不断反思，今天的课是哪里出了问题？明天该换一个什么样的方法让他能够记得住？她若发现哪一节出了问题，学生注意力开始不集中时，便会问学生，是不是老师讲的这一环节他不喜欢？每天放学，会把学生掌握不到的地方记录下来，然后再想，是否自己有时候太过严厉？是不是该柔和一点？是不是该再换一种方法？于是，反思之后，又想出一些新的方法，直到孩子喜欢并取得很好的效果。

“我的教学生涯中最难教的一个学生是一所国际学校一年级的孩子，每天教他真是教得我筋疲力尽，他身上有三种不同的状况：一是专注力不足；二是过度活跃；三是读写障碍。尽管难教，我却教了他整整七年。他身上这些毛病，最难克服的就是读写障碍，别人用十几分钟读完课文，他起码要一小时，而且前面的读完了后面全都忘了，上面的字教会他认识了，到下面读的时候又忘记了。上一堂课教八个词语，就这八个词语，我用尽所有的方法，比如口头造句，比如纸条贴满整个房间，我读出来让他去找到相关的词语；比如图文并茂让他选择文字与图片配对……用尽各种方法，总算让他记住这几个词语了。记住以后第二关就是要让他慢慢学会默写，尽管写得乱糟糟，但总算凭记忆写了出来，这是多么难得的进步。上课前他常常还会耍一下脾气，说我今天不高兴，今天没心情，我就是不想学等等，你还得先给他做心理辅导，等他情绪顺过来了才开始上课，上课中途依然免不了状况频发。到了讲故事的环节，他说自己累了，必须躺在床上，老师你坐在旁边讲给我听。我说不可以，他就说以前的老师都可以的。我说在我这儿绝不允许，这是一种尊重，怎么可以老师坐在椅子上，你躺在床上呢？他见我态度强硬，就乖乖地坐过来在我面前听课了。

“孩子其实每天只上一个半小时的课，每周五天，但我几乎每天都要超时二小时甚至三小时，如果那天准备的课程没完成，我就不会离开。家长将一切看在眼里，对我愈加信任，他们把孩子的知识、兴趣和品德教育都交给我管了，这一点我很感恩，所以不能辜负。孩子若是想要什么东西，家长就说你先问老师，老师说可以就可以，老师说不可以就不可以。孩子的家长会也经常由我去开，这样就可以跟他的班主任交流，听听学校的各种情况，从而在学业和各方面帮助他更好地去掌握。家长把这样的权力交给我，孩子自然而然把我这个普通话老师放在一个很重要的位置。这孩子一教就教了七年，从小一教到初三，直到他到国外念书，现在孩子已经在斯坦福大学读大二了。七年来风雨无阻，没有一天请过假，记得有一次我把时间弄错以为是周日就没有去上课，第二天去的时候，家长和孩子都忍不住问赵老师你昨天是住院了吗？我说没有啊！那你为什么没来上课？我解释了原因，然后妈妈说吓死我们了，因为你从来都不会请假，除非是很严重的事情，那就是住院了。我听完其实也挺感慨的，这么多年来，自己真的是天塌下来都坚持上课，难怪家长会有这样的反应。家长都会心疼地跟我说，老师教完我们家孩子，头发都白了，命都可能要短几年，我们都不知该怎样感谢你啊！我和孩子妈妈彼此间也建立了深厚的感情，现在还经常打电话来给我，就像朋友一样。

“刚开始教普通话的时候，我每天跑很多个地方，从薄扶林到浅水湾、到西贡白沙湾花园再到旺角粤海城，有时候还要跑到屯门的黄金海岸，一天跑下来似乎收的学费还不够贴路费钱。因为我是个守时的人，有时怕迟到就分分钟叫的士，所以这赚来的课时费吧，大部分用在路上，少部分用来买教材，但我依然很快乐。因为刚开始入行，赚钱不重要，积累经验才重要。从各种不同的学生身上，我能学习到很多东西，也越来越充满信心。朋友笑说我现在是播种期，这样不计得失的付出将来一定会有大收获。

“我还有一个原则就是家长的品行不好我不教。我认为孩子的品行不好可以慢慢教，但若是家长的品行不好，言传身教，我再怎么使劲都没用。曾有过因家长不好的原因被我拒绝再教的学生，这位家长其实对我很好很尊重，轻声细语的，有什么都会跟我交流和商量。上了一个多月后，我发现她对家里用人的态度实在是太恶劣，似乎下人就该一点尊严都没有，任她叱责和叫骂。我觉得无法忍受这样恃强凌弱的家长，于是没多久就跟她提出辞职，家长百般挽留甚至加薪我都不为所动。

“目前我在浅水湾的一个富豪家庭里教他们的三个孩子，最大的孩子上小学五年级，最小的两岁，刚上幼稚园，每个星期七天都去，除了学校放假和他们去旅行。每天早上先给妹妹上，下午两个哥哥上，每天走两趟，月薪九万。他们家每个孩子我都是从两岁教起，还有漫长的路可以陪伴。孩子见我的时间比爸妈还多，跟我也特别亲，每个月我有一次机会带孩子们去外面体验生活，在生活中学习普通话。有时候看电影，有时候参观博物馆，有时候到动物园玩，因为是富豪家的孩子，出门都有保镖、司机和保姆近身跟着，我觉得这样太妨碍我教孩子学习了，于是就跟家长要求让我单独带他们出去体验生活。三个孩子第一次单独跟我出去时，表现得很兴奋。我带他们坐巴士，乘渡轮，搭地铁，这些平民百姓每天都过着的简单日子，却让孩子们倍感新奇，原来外面的世界是这么不同。起初一两次我偶尔会看到保镖的身影一闪而过，估计是家长不放心让保镖偷偷跟着我们。其实我心里还是挺有压力挺担心的，万一有什么意外怎么办？万一他们受伤了怎么办？万一不见了怎么办？万一他们真的被绑架了怎么办？心理负担不是一般地重。另一方面，我又觉得孩子们能偶尔体验一下普通人的生活，俗话说就是接地气的生活，让孩子知道有很多人过着和他们不一样的生活，我会觉得很欣慰。除了教这个家庭的三个孩子，我还有别的几个学生，这样一个月的收入的确不少。

“教了十几年的普通话，让我经历很多也成长不少，家长和孩子对自己的尊重信任以及无限度的好，是我继续教下去的动力。一路走来，无尽感恩。普通话普及之后，普通话教学或许会被淘汰，‘转型普教中’是必要的。如今这个时代，已经扔掉太多传统文化，我认为普通话教中文，才能更好地诠释中国文化，让我们的下一代将传统文化更好地传承下去。”

怡雯教学所经历的这些过程和故事，我想旁人听着都会觉得感动，从她一开始的各种努力，到教学中对孩子的那份敬业。想想对一个存在那么多问题几乎人人都头疼的孩子，她以一个普通话教师的身份，张弛有度，以爱以严谨以专业以耐心去慢慢感化孩子，引导孩子，最终把一个问题孩子教成了斯坦福大学的高材生，真的很了不起。

一个新移民，一位普通话老师，经过多年辛苦经营和拼搏，月入十万，这绝对不是传说。我们可以看到，怡雯有这样的今天绝不是随随便便就来的，这与她的付出应该是成正比的。她对自己这份工作如此热爱与敬业，对没有把握的一切用了那么长的时间去准备，难道不该有丰收的一天吗？教师最大的快乐是什么？就是学生成人成才；普通话教师最大的满足感是什么？就是满口英语或粤语的孩子又学会了一门语言。在如今的香港，说一口流利的普通话和说一口流利的英语一样重要。

八

“现今社会也有了一些变化，因为一部分人搞两极分化，导致香港人对内地人有了一些看法，内地人也对香港人有了一些看法，这是我极不愿意看到的事情。我觉得大家都是中国人，应该团结才对，但在一些媒体的误导之下，隔阂越来越严重。其实我们普通话老师还肩负着另外一种使命，就是融合的工作，我们应该作为纽带，把内地和香港两地文化紧密地连接起来，让香港既不丢失传统，也不放弃时尚，变得更加繁荣。”

在采访每一个普通话教育工作者的过程中，写与不写，该怎样写，值不值得写，角度该怎样把握，都是一件让人头疼的事。最后，我觉得还是遵从自己的内心吧，在这个圈子里，应该什么样的声音都要传递，什么样的人物都写一写，我们不是为个人立传，也不是为谁歌功颂德，只要是曾经为普通话教育事业做出贡献的人，都应该写一写。而我以为，姗姗老师在这方面，确实做出了自己应有的贡献。

姗姗出生于首都北京，无论气质、性格、说话方面都是个典型的北京女孩。她家境良好，父亲是国家邮电部管发行的干部，在她小时候，父亲常常会订很多书籍回来，如《大众电影》《儿童文学》《北京少年》《故事会》等，她一坐下来看就几个小时，舍不得挪动地方。因时时沉浸在书的海洋里，也由此激发了内心的文学梦。少女时代的她，酷爱写作，文笔不错，思路总是来得很快，在班里写的作文都是范文，老师常在班里读给同学们听。后来看了日本电影《望乡》之后，更立志做一名女记者，去书写和报道这个社会及百姓发生的种种事情。激情满怀的她，在自己房间的墙上写下大大的一行志愿：我一定要当一名出色的记者。

后来在选择专业的时候，姗姗还是听从了父亲的建议，选择了商科，毕业以后被分配到了北京一家外贸集团公司工作。当时外贸公司是非常吃香的单位，福利好工资高，是许多人想去的好单位。她与丈夫的相识缘于外交部搞的一次联谊会，先生是香港新世界集团的工程师，年龄比她大二十多岁。八十年代初内地还很依赖香港较为领先的工程技术，觉得有一个香港工程师来监督指导是非常了不起的事。她的丈夫当时常驻北京各个工程地点，因为单身没有家庭负担的缘故，公司常常委派他到内地当工程监理。其实本来这是一个肥差，到内地和海外工作公司给的薪酬是很高的，但因为丈夫不少同事都是有家庭的，驻扎每个工程点少则一年半载，多则两三年，所以他的同事有的是太太不让去，有的是家庭实在离不开，只有姗姗的先生没结婚，英文又好，所以很多外派工作几乎都是给他。北京的王府井饭店、东方广场和大连的香格里拉等等，都是姗姗先生的公司做的。

“我所在的外贸公司是很多人都羡慕的单位，那时候单位工作的性质经常接触外国人，也经常会有到北京民族饭店那样的高级餐厅宴请客人的机会。然后每年还会有几次到广州去参加广交会，对南方的文化也不陌生，那个年代的北方女孩很少能去到南方，所以我算是比较幸运的。在南方的服装批发市场，买一些外贸货回去，那些衣服在北京根本看不到，非常时髦，身边的朋友见到都羡慕极了。那时候的工资才一百三十多元，也不算高，但比起一个普通工人五十多元的工资已经是很不错的了，我一个人的工资其实已经够养活一家人。外贸公司福利也好，我被分在旗下的医药保健公司，过年的时候，经常发那些蜂王浆之类的补品，都是一箱一箱拿回家。那个年代还在用外汇券，凡是跟外面沾点边的事物都会觉得很稀奇，买什么都要指标或是外汇券，电视机、自行车什么的都要指标，而我们外贸公司都有这些便利，别人就认为我们是跟得上时代的一批人，觉得挺羡慕。说真的，那个年代的人都很单纯，没有过多物质的追求，每天都活得很快乐。”

戴着近视眼镜、皮肤白皙的姗姗坐在我的对面，一面吃着点心一面跟我慢慢细数往事，沉浸于美好过往，就算酒楼各种嘈杂的声响传来也丝毫没影响到她。

“在认识我的时候，我先生刚好在北京做加拿大领事馆的工程监理。那个工程所有的投资都是加拿大政府给的，工程既精又细，几乎弄了三年时间。平时他就待在北京，放大假的时候才回香港。因为我们公司不时会跟各国大使馆有一些联谊活动，我那时刚刚二十出头，和单位一些年纪相仿的女孩子一样，大家都特别喜欢玩。有一次大使馆搞中秋联欢，就约上几个同伴一起去看看玩玩。年轻活泼的女孩子，在场上是惹人注目的，那一晚我就觉得走到哪儿似乎都有一双眼睛在跟随。后来他主动过来跟我打招呼，说了几句话，我也没多想什么。因为自己当时正值芳华，他已是人到中年，我压根就没往那方面想，反正按理来说怎么也不会对上眼的。后来又有几次见面的机会，彼此熟悉很多，他跟我老老实实说了自己的情况，说他喜欢我，搞得我挺忐忑的，因为我们都没谈过恋爱，他这么一说我真的有些紧张。回去跟家里人说了这情况，父母都反对，说这么大岁数没结婚没恋爱太奇怪，说不定哪里有问题，生理、心理或者性格方面都很难保证。但我总是觉得割舍不下，继续跟他有所交往。慢慢相处之后，发现他是一个很理性，考虑很周到的男人，他的严谨与我的浪漫情怀表面上看似冲突，其实正是因为这种互补，我渐渐变得开始依赖他。

“那时候他为了追上我，还是花了一番功夫的。他对我说，马上中秋节了，一个人在京孤零零的，感觉很失落。我一下子同情心就开始泛滥，当时虽然在交往，但还没真正确定关系，可我傻乎乎想都没想就脱口而出，那就去我家过节吧！这正中他下怀，中秋那天就买了好多食品到家里来。所谓过门都是客，父母对他说不上热情，但也不至于给他冷板凳坐。记得那天他和父亲聊了很久，不知说了些什么，就把父亲给打动了。节后没几天，父亲就和我说，你现在都二十四五了，再不嫁人就成老姑娘了，现在有这么一个人喜欢你，我瞅着也朴实可靠，你该嫁就嫁吧！

“他不知用了什么妙方，走通了我父亲的门路，父亲这么一说，仿佛就把我们的关系给确定了，他也就自然而然地常到我家来，成了这个家庭的一员。他跟我求婚的时候一点都不浪漫，就直梆梆地说：跟我结婚吧，给我生个儿子，我带你去香港生活。直奔主题，甜言蜜语没有，鲜花没有，连一句赞美的话都没有，我特别渴望的那种方式得不到，但他就是那样一个人，不会说，只会默默去做。一盆花摆在面前，我俩的反应是完全不同的，他根本不会想这花多美呀，由花展开联想，会不会有什么故事，他反而会觉得花碍事，要把它挪个地方。而我这样的文艺女青年，看什么都很感性，想象力丰富，与他的性格是截然相反，但命运的绳索却将我们紧紧地拴在了一起。”

姗姗结婚后，顺理成章来到了香港。当时的感觉就是房子也小，语言也不通，平时在家里连电话响了都不敢接，就因为不知道该说什么好，粤语不会，普通话人家也听不懂，所以简单到接个电话都有困难。她起初也挺彷徨，不知道该做什么工作才好，从一个国家干部到完全找不到定位找不到方向的窘况，一时间让她的内心充满了迷茫和伤感。姗姗的先生背着她找学校的熟人帮找一份教师的工作，但因为没有教师资格证，她也未能到学校去教普通话。后来她想自己是学外贸的，不如就找一家贸易公司做文员吧！看到报纸上有招聘广告，便寄出简历，收到两三家回音，她就一一去面试。有一间公司的老板刚好也是内地来的，两个人谈得很好，老板当即就聘请了她。那时候是 1994 年，到港的第一份薪酬有一万二左右，因为姗姗懂英文，又会打字，一口地道的京腔对联系内地的生意伙伴也派上了用场，老板非常满意她的表现，她总算在异乡找到了一份让自己稳住阵脚的工作。在贸易公司做了三年之后，她忽然想九七快来了，香港很多人都不会普通话，回归以后普通话老师肯定是一个很热门的职业，不如不要再给别人打工，自己开一间普通话培训中心吧！想了就做，姗姗马上就辞工着手去筹办这件事，一个月后，第一家普通话中心在香港马鞍山某商业中心正式开业。

“刚开始做的时候，中心就是不到十平方米的地方，当时正值地产低迷时期，租金才几千块一个月，而且那个时候真的是十铺九空，那些铺面很便宜也没人愿意买。我从一张桌子一张板凳一个学生开始教起，条件很艰苦，但总算开启了自己的事业，所有一切全部都一个人扛过来。我要感谢第一个肯把孩子送到这样一个小中心的家长，她的尊重和信任给了我足够的信心与勇气。那个孩子刚读三年级，她的妈妈特别重视普通话，认为这是未来一个大趋势，掌握好普通话，将来一定会更有前途发展会更好。我听到家长这么说也很激动，她如此有远见，信任地把孩子交到我这里，我一定要全心全意把她教好。这个女孩从三年级一直跟我学普通话学到高中，她喜欢中文，热爱写作，在学校不单成绩优异，文体方面也特别棒，钢琴也弹得很好，是个德智体美全面发展的孩子。我和她之间非常有默契，有时上课我还会教她写诗，然后再让她朗诵自己的诗作，妈妈听着孩子朗诵得像模像样的，而且朗诵的还是她自己的作品，简直惊喜得不行，拉着我的手都要流眼泪了。后来孩子考上了中文大学修读会计师专业，毕业后当了一名优秀的会计师。这二十几年来师生情从未断过，她妈妈每次见面都要感谢我，一是教会她女儿写诗，二是教会她说一口流利的普通话。他们在外出旅游时，女儿用一口地道的京腔跟游客交流，别人都以为她是北京人，根本没想到她是一个地地道道的香港人。去年孩子带着未婚夫到中心递结婚请柬给我，接过请柬的一刹那，我内心感慨得不行：当年那个小女孩似乎还在眼前蹦蹦跳跳，怎么一转眼就要结婚成家了呢？岁月它催孩子快速成长，也让我们慢慢变老，孩子有所成就，难道不是当老师最大的欣喜和安慰吗？”

哪有谁一开始就是成功的！姗姗的普通话教学工作由一张桌一张凳一个学生开始，但她的积极性非常强，相信只要自己教得认真教得好，就不怕没学生。为了更好更专业地教授学生，她还报读了浸会大学的普通话教师文凭课程，那一班的同学，有的是香港公务员，有的是在职的文员，很少有从事普通话教育工作的，他们学习一是为兴趣，二是为了回归后能多一项技能傍身。只有姗姗一个人是一边开普通话教育中心一边学习的。有的同学好奇她的中心是什么样子的，就要求去参观。一看，豆大点地方，只有一桌一椅，纷纷感慨她的不容易。

“中心慢慢收了一些学生，其中有个孩子是香港一间名校、男拔萃小学的学生，他是地道的香港小孩，一张口发音完全是香港普通话式的，完全没法听。他的父母非常有远见也特别支持，而且也不急于求成，就跟我说让孩子慢慢学，扎扎实实地学，相信我一定会教好他们的孩子。不像有的家长，只要一次考试不理想，就要换中心，换老师，只求眼前利益，没有长远打算，这样最终吃亏的也是孩子，将来孩子也会变成急于求成或急功近利的人。普通话教中文是一件长远的事情，普教中要培养孩子的兴趣，很广泛的阅读加上理解，要有一定的文化底蕴才行，不是下一天两天的功夫就可以的。再加上普通话语音习得是一个多用多练的过程，不是集中八个小时练一练就可以速成的。我更相信潜移默化的力量，一切慢慢来，打好基础，未来才可以走得更稳更好。男拔萃小学这个男孩说来真是块学习的材料，到了初中已经考取了普通话水平测试一级乙等，这对一个土生土长的香港孩子来说，真的非常难得。很多普通话老师都要考几次才能拿到一级乙等，而他的同学那时连学校基本的普通话课程都未能应付，他却一次就考了一级。后来他考大学时每一科都满分，成为全港状元，是名副其实的学霸。最重要的是，这个香港学霸还能说一口标准流利的普通话。”

由于姗姗的用心教授，她的认真和专业得到家长学生的认可，普通话中心的名声越来越大，很多名校的家长把孩子送过来学习，然后一传十,十传百，都说有位北京老师教的普通话特别好，远远近近的家长都把孩子送过来，庙虽然小，但仍然迎来了很多真正想学习普通话的学生。学生慢慢多起来，姗姗一个人已经应付不过来了，于是把旁边的铺位也租下来，请了两位老师来帮忙，中心终于上了轨道。

“2003年3月我在将军澳区开了分店，本来是一件值得庆贺的喜事，没想到4月‘非典型肺炎’来袭，全港学校停课，满大街都是戴口罩的人晃来晃去，谁要是不小心打个喷嚏，人人皆慌，唯恐躲避不及。这种情形下，刚开的普通话中心也不敢再让孩子来上课，万一有谁真的病了，我的普通话中心传出有‘非典’个案的消息，那就彻底完了，中心以后都不用开了。有的家长还是要求我继续教课，说让孩子戴着口罩来上课，我也没敢冒这个险，尽管房租的压力很大，我还是坚持不赚这个钱，那年很惨，光赔租金就赔了半年。直到夏天来了，天气炎热，说是细菌慢慢死了，我才开始戴着口罩慢慢给孩子上课。那段日子一早到中心就接连上课，直到晚上才停下来，回到家都十点多了，真的可以说是披星戴月，特别辛苦。我这人就是心里存着一股劲，既然要做就要把它做好，只要是自己喜欢的事就一定要去做好。我觉得坚持很重要，当时都亏了半年房租谁都想着要关门大吉了，但我还是咬咬牙坚持下来。现在这个中心还在，铺面也是原来那个，二十来年了，学生一拨拨地来去，中心依然如故。当时的租金是一个月一万，现在已经涨到五万多，所以我说坚持很重要，当初如果放弃，今天的将军澳这间中心就不存在了。

“那个时候的家长对内地来的普通话老师非常尊重，可能因为是同时代的人，大家互相有一份认可。现在的家长对教学的要求越来越高，从前教汉语拼音、学语音，而现在已经上升了一个高度，教学内容还包括朗诵、主持、舞台表演等各种课程。现今社会也有了一些变化，因为一部分人搞两极分化，导致香港人对内地人有了一些看法，内地人也对香港人有了一些看法，这是我极不愿意看到的事情。我觉得大家都是中国人，应该团结才对，但在一些媒体的误导之下，隔阂越来越严重。其实我们普通话老师还肩负着另外一种使命，就是融合的工作。我们应该作为纽带，把内地和香港两地文化紧密地连接起来，让香港既不丢失传统，也不放弃时尚，变得更加繁荣。但首先我们要把自己的形象、专业各方面都做好，不断提高自身的素质，只有自己强大了，才能让别人发自内心地欣赏和尊重你，才能更好地担起肩上的使命。”

其实内地来的新移民在香港已经算是一个庞大的群体了，每天内地来港团聚的新移民有一百五十人（根据2016年统计数据），再加上投资移民、工作移民、优才移民等，是一个不小的数目。回归以来，这个群体占据了香港社会很大一部分，按理说早应该成为香港的主流人群，但还是被边缘化，还是受歧视，这究竟是为什么呢？这样的现象始终让姗姗想不通，面对香港社会这么一个环境，已经回归这么多年，但她感到一些人的心还没有回归，总是能听到一些排斥、反对新移民的声音，这让人心里很不好受。不应该搞文化对立，她想应要彼此融和，彼此包容，共同发展和进步。从普通话教育这个领域看，如今这么多来港从事普通话教育的老师们，并没有找到应有的归属感，各有各的难处，有的家庭、生活都发生了问题，真的应该有人为他们争取点什么，真的应该有一种声音为他们呼吁呐喊。姗姗就想，自己也是历经艰辛才走到了今天，首先得凝聚在一起，有这么一个平台和窗口为他们发声，要真正进入社会生活的中心，这样才会真正被看得起。于是姗姗酝酿发起成立一个普通话专业组织。她说不要老讲什么起跑线，我们跟人家根本不在一个起跑线上，但不可否认的是，回归这么多年来，普通话老师对香港社会是做出了很大贡献的。

由于历史原因，香港一直是以讲粤语和英语为主，普通话不被重视，当时教普通话看上去是“异类”，所以不可避免地遇到过一些困难和阻力，但随着香港的回归，局势发生了变化，普通话教育事业越来越红火，这个群体也逐渐得到了社会一部分人的认可和支持，最高峰时期姗姗一共开设了十二家普通话教育中心，几乎遍布香港。回看一路走来的历程，她并没有忆苦思甜，只是轻轻讲述，看着自己的“小事业”如同“小树苗”般一点点地成长起来，如今还能洒落更多阴凉，荫庇更多同行，她心里满是欣慰。

“其实我是一个很随性的人，在别人眼里，我就是一个生意人，就是靠开普通话教育中心赚钱的。但其实我离生意人这个概念还真的太远，没错，我会利用身边的一些资源来做事情，但不会把一切谋划到极致，我没有商人那种精明，如今也再没有教师那种安静踏实。要想靠教普通话赚大钱是不可能的，我是当年正好看中时机买了四套房子，天时地利人和，是赚了一些钱。所有我的定位都是别人给的，不是自己给的，当然这么多年开中心的经验，也得到许多人的尊重。有的老师甚至喊我前辈，我说别别别，我还不至于那么老，都成了老前辈了！尽管从事了这么多年的普通话教育工作，但还有许多教师都比我成功，既专业又桃李满天下，我觉得自己做的还不够多不够好。”

2017 年 11 月，由姗姗牵头的一间普通话协会正式注册成立，旨在为已经入行和想入行的普通话老师提供力所能及的服务。为了引导新人更快入行，姗姗与有志的普通话教学者合办了普通话教师培训中心，将自己数十年的实践培训经验与扎实的专业知识分享给新人。而今，她已经将主要精力放在普通话的推广和协会的发展上，一心期望多做服务工作，开办教师培训课程，帮助老师创业等，希望将普通话应用和推广发扬光大。

“每个人都有不同的经历，我用自己多年的经验和对现实社会的反思，走出了一条不同于别人的路。只想从另外一个角度，以自己的方式去回馈香港社会，做出另一种贡献。现在年纪越来越大，就想做一些更有意义的事情。比如有的老师刚到香港，寻求帮助想找工作，我会帮他们找；有的想开中心，我也会给他们意见和经验介绍；只要是有需求的，我们都会尽力协助。我们这个协会虽然没有太多资源，也缺乏赞助，都是通过请名师给教师授课或是开一些班组，为协会赚一些运作的会费，我想先从实际做起，把自己一手创立的这个普通话协会做好。”

普通话协会主要分为义工部、生活部、教育部、商务部、文康部等。义工部主要是做服务工作，比如与老师一起探访老人中心、春节在街头为街坊写春联等；生活部主要是关心老师和他们的家庭，很多老师从内地过来，要帮助他们更好更快地融入社会；教育部主要是负责培训，为教师开办中国语文教学培训班。普通话协会的老师 90% 都是和姗姗女士一样能顶半边天的女性，她介绍道：“大家来自五湖四海，要正音、考试、学习教学法，我也在读 MBA 硕士课程并即将毕业；商务部主要是希望发展多元化的兼职，为老师提供更多的就业机会，还有拓展维护社会关系，开展商业化活动。文康部组织在港人士开展各种活动，并激发大家对祖国的归属感、亲切感，让协会上下感受到家的感觉。目前学习普通话的群体多样，有警察署、消防署及出入境管理处等的公务人员，他们去内地开会和交流，需要讲普通话；有律师、会计师、医生、护士、教师、空乘等，也有一对一辅导的。几年前，政府推出教师基准试，中心帮助许多老师顺利通过了教师基准试考试，有效提升了普通话教师队伍的专业能力，让他们在职业生涯的行走中更加顺畅，这个让老师们心怀感激。”

二十多年间，姗姗普通话中心的学员早已是数以万计，更重要的是他们架起了一座语言的桥梁，通向祖国内地，通向世界各地。

如今，协会各部门的工作都在有条不紊地开展，各种和普通话相关的活动竞相推出。姗姗说：“普通话是一种语言，我们不仅要会说，还要将其发展为一种语言艺术，为此我们在不断努力创造。”他们策划举办了《我要为你读……》文化情感交流活动，并于今年1月份在西湾河文娱中心成功举办。该节目是北京人民广播电台前党委书记为他们命名的，由该会副主席兼艺术总监叶老师策划及指导。这次节目一共邀请了十一位朗读者，包括九位老师和两个小朋友，在一个温情洋溢的空间里，为参与者营造了一场文化和情感的视听盛宴。

姗姗来自北京，深知中华文化的根基在内地，故此她亦积极主动地参与内地的文化交流活动。她带领自己创办的“国际普通话艺术团”参与的内地青少年“一带一路”文化交流活动——“魅力校园之星光耀香港”就是浓墨重彩的一笔，现在这个活动已经发展到法国、泰国、澳大利亚、日本等地了。

如今的姗姗，担任了一些社会职务，经常要参加社区里的会议和活动。有时候开完会驾车回到家里，都已经过了午夜十二点，几乎每天晚上都有事，她说：“人的精力都是有限的，不能事事兼顾，所以我宁愿牺牲一些商业上的利益，关掉两间中心，好集中精力做更有意义的事情，把普通话协会做好，为同行老师们搭好一个平台。我也没有考虑做多么大多么长远，我把这个会做好，将来真的有什么事情，我们这边也有个团体可以发声的一席之地，不管人家给不给，我们总是要去争取的。倘若你连争都不去争取，那又怎么会有希望呢？现在社会上出现了两股力量，排斥我们这个新移民的群体，有的人甚至都不承认自己是中国人，一听到内地来的这个背景就很反感。反普通话的声音、港独的声音，这些都是对我们不利的。之前有一位议员在立法局议会上阻止一位外国议员用普通话发言，她很直接地说不能在这儿说普通话，这就明显带着歧视的态度。香港政策是两文三语，普通话如今也是世界强势的语言，其实他们的行为就是想要去中国化，排斥我们这些新移民。香港不少官员、议员都是在英殖民地的环境下成长起来的，受的都是英式教育，所以对突如其来的另一种文化就会产生排斥心理。我一直认为两种文化不应该是对立的，而是应该取长补短，让香港变得更好。

“我接触过一些大学里面的普通话团体，包括普通话研习社的主席，我们常常会交流怎样更好地运作和开展普通话教学工作，他们都是从学术方面去争取，在争取提升普通话的地位，写了多少信，也没有多大反应。几乎没有什么人理会，他们从血气方刚争取到白发苍苍，现在都已成为老人家需要有人接班了，政府还没有给出一个完满的回复。香港有个语常会，也是由社会各界人士，比如立法会议员、社会知名人士等组成，他们根本就不了解普通话教师的事情，真的没有一个人能够帮我们解决实际问题。倘若自己再不发声，人家更会忽略我们这个群体了！反正我现在就是对这方面的事情有兴趣，想为我们这个群体做点什么。”

这些年来，姗姗一直在为自己的“从政”之路慢慢做着铺垫，做义工，当老师，开中心，一路走来，也积累了不少经验、心得及感悟。她认为，一个人在自己的生存状况还没有稳定下来的时候，根本无暇顾及其他事情。先生存，再谈梦想，这是必需的。当你经过了一定的艰辛，走入另一个层面；当你生存下来了，在这片土地扎下根来了，就该用各自的方式去回馈之前所受益的一切。尽管我们改变不了社会，但最起码我们现在凝聚在一起，形成了一股力量，把我们的文化亮出来，发扬光大，而不是收起来藏起来，不让人看。我们要团结一切可以团结的力量，挺起腰杆做人。

当下，努力实现“中国梦”的号角早已吹响，祖国又将以全新的面貌进入一个崭新的时代。说起梦想，姗姗毫不犹豫地说：“我们就是要跟着祖国走，手牵手，心连心，实现‘中国梦’，我们要做的就是从文化和青年教育出发，努力成为香港和内地的‘超级联络人’。”到港的二十余年，那些流逝的时光，正是她为梦想奋斗的青春岁月。

九

“中国传统文化不应该丢弃，很多人嫌繁体字麻烦难写，但也有不少人批评简化字简得没有了字样，我个人觉得简体字与繁体字各有利弊吧！繁体字是古人智慧的体现和传统文化的沉淀，简体字就比较轻松易写，从速度上也快很多。这是一件矛盾的事，我们这一辈人，都是在矛盾中生存长大，也在矛盾中探索一些东西，正如香港存在的中西文化碰撞，也一直是在矛盾中去求得一种融合。”

人的交际与遇见，有时真的是一件很奇妙的事情，与艾玲的相识缘于一次普通话教师培训的课程，之后又一起参加普通话教师合唱团，逐渐熟悉起来。性格内向的她，却有什么话都爱跟我说，遇到什么事也会跟我倾诉一下，慢慢我俩就成了圈内较好的朋友。她身材瘦削，却时时看起来都是精力充沛的样子，整天奔忙于上课的路上。

艾玲有一双水汪汪仿佛会说话的大眼睛，偶尔聚会与她对望的时候，你总觉得她还有什么话想要说而忍住没说，于是你就会忍不住问，你还有什么想说的吗？她说没有。我就笑着说，这都是你的眼睛惹的祸，以后不许再这么看着我。她更是得意地凑过来睁着大眼睛好好盯着我看，两个人往往就毫无遮掩地大笑起来。

艾玲生长于江南某城市，家里条件不错，从小便知书识礼，乖巧懂事。邻居是出任驻瑞典的大使，家里有很多藏书，让她印象深刻的是，每当梅雨季节一过，大使家就会把所有藏书全拿出来在院子里边晒，她便会跑到大使家的院子里帮忙将书一本本打开，这是她少女时代最快乐的事情。有一次翻到一些繁体字的书，不知道为什么，竟然会觉得热血上涌，而且非常亲切，就跟大使要了一本回家读。一读之下，只觉得简繁对照，妙趣顿生，捧在手中爱不释手。那个时候，就生发了对港台文化与生活的向往。尽管受的教育熏陶都是资本主义怎么恶怎么坏，但看着那些美妙的书籍，她简单的内心还是对那背后的文化充满了幻想。再加上在香港居住的表哥回来探亲时，总会说起香港各种的好，于是满心的愿望就是想到那里去看看。

九十年代初，在父亲和香港亲戚的帮助下，想方设法，艾玲得偿所愿来到了香港定居。

到了香港之后，她借住在亲戚家，处处小心谨慎，生怕给别人添了麻烦。先是找一些零工做，以维持基本的生活，后来就到一家贸易公司做文员，薪水微薄，但一个人生活已是足够。到港一年之后，她不顾家人的反对回到老家，欲与打小就相识的他结婚，父亲以断绝父女关系要挟，她都不为所动，坚持要嫁给当时已是公安干警的他。

苏伟是农村长大的孩子，当年艾玲的父亲被下放到农村改造，就住在苏伟的家里。有时候父亲会带着艾玲到苏伟家住两天，那时苏伟和艾玲都还小，小孩子们见面也不会有陌生感，一会儿就玩熟了。苏伟常常带着艾玲到田野上玩，在城市里长大的艾玲什么都觉得新鲜，而这位小哥哥又好像无所不能的样子，把艾玲照顾得很好。那时候苏伟就拍着胸口说：艾玲，我长大了一定要娶你！艾玲只是笑眯眯地看着他，并没有说话。

后来艾玲的父亲回到城里，艾玲就没再去过苏伟家。只是逢年过节的时候，苏伟的父亲还会带一些自家种的东西送到城里来给他们，苏伟偶尔也会陪父亲一起来，那时艾玲总是默默地看着他不说话，也不像小时候那样缠着他叫哥哥了，但是苏伟的眼神艾玲完全读得懂。十八岁那年，苏伟独自来家里找艾玲，跟她表明心迹，当时艾玲的心里根本就没有这个小哥哥的存在。尽管父亲也喜欢他的老实厚道，但一个农村的孩子，与她的成长背景完全不同，苏伟并不是她心目中的理想对象，所以毫不犹豫地拒绝了他。没有考上大学的苏伟原本准备复读重考，遭到艾玲不留情面的拒绝后，索性报名去当了兵，走之前跑来找艾玲，说你相信我，总有一天出人头地了我还要来找你，我这辈子一定要娶到你。

艾玲并没有将这番话当一回事，很快她就投入到快乐的大学生活里去了。苏伟经常给艾玲写信，但艾玲基本都不回。大三的时候，苏伟从部队转业，被分配到当地公安局工作，他到大学里找艾玲，再次跟她表白，艾玲仍然没有给他机会，就说了一句，你不要再来找我了，我们俩永远没有可能。说完转身就走。苏伟的自尊被严重伤害了，其实仪表堂堂的他，才分到单位，有不少女孩都喜欢他，可他偏偏心里只有艾玲一个，听到艾玲说了这番狠话之后，他便赌气找了同一个单位的女孩，闪电般结了婚。没有感情的婚姻可想而知，不到一年，二人就离了婚。大学毕业的艾玲没有打算在这座城市里工作，从小埋下的那枚种子一直在心里慢慢成长，如今，她长成了一个水灵灵的姑娘，可是想去香港的愿望始终没有变过，几经周折，家里帮她想尽办法，终于拿到了香港的单程通行证。满心欢喜的她到市公安局去办理相关手续的时候，意外地见到了苏伟。一身警服的他英气逼人，从前身上那种乡土味在他身上已经荡然无存，二人碰到的瞬间，都一下子愣在原地。艾玲后来笑了笑，点个头算是招呼过了，然后低下头，准备从他身旁走过去。就在这时，苏伟忽然伸出手抓住了艾玲的手臂：等等艾玲，好久不见，不忙的话咱们去外面喝杯咖啡吧！艾玲竟然没有拒绝，他们就那样一前一后走出了公安局大门。他们聊了很多很久，苏伟毫无隐瞒地跟艾玲说了自己赌气闪婚闪离的事，因为心里只有艾玲一个人的存在，每时每刻都在心里疯狂地想念她，以致根本无法面对那个每天睡在身边的女人，久而久之，离婚是必然的。听着他的诉说，艾玲竟然被眼前这个男人感动了，她没想到，苏伟竟然爱她到如此痴狂的地步，她原本平静的心里，开始起了波澜。到了香港之后，分隔两地的他们每隔一段时间都会写封信问候一下，说说近况，苏伟字里行间那情深意切的表白以及诚心实意的担忧与关切，让远在异乡的艾玲往往看得热泪盈眶，感动在心。不知什么时候起，她心中爱的天平完全倾斜到苏伟身上，后来发展到彼此每天都写信给对方，偶尔因为不知名的原因没有信来，心里便空落落的。一年后，饱尝相思之苦的艾玲不顾一切跑回家乡，在全家人都反对的情况下依然坚持嫁给离过婚的苏伟。命运尽管兜兜转转，苏伟也总算是实现了从小许下的要娶艾玲这个承诺。1997 年 5 月，在艾玲一个家人都没有出席的情况，婚礼还是按计划举行。婚后的他们，小日子过得甜甜蜜蜜，苏伟简直要将她宠上天了，上班的时候，都要随时打电话回来嘘寒问暖，偶尔艾玲约了女伴出去玩，回到家苏伟总是很详细地问，今天都去哪儿了，见了哪几个人，都聊些什么，怎么那么久才回来？起初艾玲觉得是关心，后来才发现他是不放心，好像恨不得随时将艾玲像钥匙一样拴在自己的裤腰带上才放心，不过，艾玲依然觉得很受用，她认为这是太爱一个人的表现。两个月后，艾玲便有了身孕，于是婆婆就从乡下来照顾她，说是照顾艾玲，但农村来的老人，不懂城里是怎么买菜的，艾玲大着肚子每天上下六楼，到菜市场去买菜。菜买回来，老人扒拉几下看看说，这都买的什么菜，我不会做。没办法，艾玲唯有自己亲自下厨做饭。于是，身怀有孕的艾玲，每天买菜、做饭、打扫卫生，整个家庭的杂务都由她一个人做。苏伟每天下班回来，开始的时候还会搭把手帮忙干活，时间久了，回到家饭没做好他就开始不乐意了，还摆出一副大老爷们儿样埋怨艾玲手脚慢，似乎忘了她在怀孕，需要休息，需要人足够的关心。后来小姑子到城里来上班，就搬来和他们住，公安局分的宿舍本来就不宽敞，这下空间显得更狭小了，小姑子也是一副什么都不会做的模样，每天等吃等喝，大腹便便的艾玲整天就忙着服侍他们，还得不到应有的关心，搞得身心俱疲。苏伟的态度一百八十度大转弯，不再像结婚前那样呵护有加，艾玲有时想到从前那些情意绵绵的画面，不由黯然神伤。她想起刚领到证那天苏伟得意地跟她讲：怎么样，现在你已经嫁给我，再也跑不出我的手掌心了吧！是不是觉得她跑不出他的五指山，所以就变得这么无视自己的感受呢？尽管苏伟变了很多，但单纯的艾玲始终觉得苏伟是深爱自己的，他只不过是不知道如何去爱而已，到最后就变成想爱而没有能力去爱了。

这时候的艾玲可以说是众叛亲离，家里人都不理她，而深爱的丈夫又变得和从前大不一样，她欲哭无泪，怀孕七个多月的时候，她默默收拾行装，一个人踏上了回港的路，她心里的目标很明确，孩子必须生在香港。

大女儿两个月后顺利在香港出世，满月之后，艾玲带着孩子又回到了江苏。艾玲其实很喜欢带小孩，尽管孩子的奶奶一再表示可以帮她管孩子，但她还是坚持自己带，她始终认为，孩子一定要从小按自己的理念教育才对，从胎教开始，她一直很注重孩子的培养，所以她认为早教对孩子来说也一样重要。家里连婆婆小姑一起，本来人就不少，现在又多了女儿，更显得拥挤，家务活更是添加了许多。艾玲每天买菜、洗衣、做饭、带孩子，一家人的生活因她的细心操持显得井井有条，然而，她的辛苦操劳一家人却似乎觉得理所当然，把她当作家庭妇女一样看待。而苏伟的大男子主义似乎越来越严重，态度相当不好，行为变本加厉，性格里的那些缺陷彻底暴露出来。艾玲内心的委屈完全没人明白，她觉得自己就算是出得厅堂入得厨房，可也不能老让她进厨房呀！她也想做一份自己喜欢的工作，体现个人价值，不用老围着锅边转。

就这样过了几年，二女儿也出生了，艾玲身上的担子更重，而苏伟的态度变得更加恶劣，经常借口加班很晚才回家，即使早回也没有什么好脸色。艾玲渐渐也心灰意冷，夫妻俩很少交流，幸福是什么样子，艾玲早就已经遗忘。后来婆婆得癌症去世，小姑也嫁人搬走了，家里就剩下他们一家四口继续生活。这时候大女儿已到了上小学的年纪，因为是香港户口，非本地生要交一万元借读费，日子过得紧巴巴的他们哪里拿得出什么一万块，于是就商量是不是回香港去读？香港的孩子享有十二年免费教育的福利，艾玲觉得不应该浪费了这么好的资源，决定带着两个女儿回香港，先让孩子读上书，别的事大家就再商量。

“我说走就走，带着两个孩子来到香港，刚好排了多年队的公屋终于有了消息。带着两个孩子兴奋地去调景岭看分到的房子，尽管才三十平方米那么大，但在香港总算有了属于自己的家。那一刻，我觉得上天对我简直太好了！女儿上学的事也很顺利地解决，找到一家专门招收新移民的小学，那里很多都是刚刚移民过来不会粤语的孩子，学校的校长很和蔼，老师也特别可亲，同学之间也非常友爱，大女儿很喜欢自己的学校，每天都快快乐乐上学，开开心心回家，我这一颗悬着的心彻底放下了。母女三人在香港开始了我们自己的幸福生活，看着两个女儿乖巧懂事的样子，我每天简直在睡梦中都要笑醒了！”

艾玲沉浸在过往的回忆里，继续说：“女儿的学校会推荐孩子们出去参加普通话的朗诵比赛，我就试着给孩子辅导，没想到竟然就拿了个冠军回来。有同学家长就问我是谁给教的朗诵，我有些羞涩地说是我教的呀！家长一听，就缠着我非要我也教教她的女儿。就这样，一个传一个，我竟然在很短的时间内收了好几个学生，这个事情让我有了一些启发，与其辛苦地出去打工，不如在家或上门去教朗诵和普通话，收入也可观，最重要的是，不用那么辛苦。

“就在我刚刚转行教普通话的时候，独自留在江苏的苏伟打电话给我，说了很多好话，表示自己没有照顾好我和孩子，此刻感到自责和后悔，最后他提出来想到香港生活，会努力赚钱，照顾我们母女三个。听到苏伟这么软言软语地哀求，我原本所受的伤害仿佛得到了些许慰藉，心一下子就软下来，几乎没有犹豫就同意了他的请求。我说好吧，那就来吧，我们等你。过后想了想，又怕苏伟冲动说来就来，那他多年的工龄就可惜了，即便是辞职，以后也不会有退休金，等于什么保障都没有了。我就厚着脸皮托了父亲以前的关系，想方设法给苏伟办了病退，这样就算他在香港待不惯，回到江苏还有一份退休工资拿。唉，为了苏伟，我可真算是费尽心机。苏伟的病退申请获批之后，他就办理了探亲手续到香港来了。两年后，到香港的单程申请批下来了，他便正式来香港定居。”

苏伟到了香港之后，跟艾玲说我现在是为你放弃一切了。艾玲说咱俩都一样，我为你付出所有，你为我放弃一切，那就在香港从零开始，认认真真过日子吧！来了没多久，苏伟就又变回一副大老爷们儿的样子，什么好好赚钱，照顾她们母女仨，简直是世上最好笑的笑话。在内地公安部门，自在威风，哪里受得了在香港的从零开始？脱下警服就是平民一个，不懂英文，不会粤语，没有大学文凭，白领工作肯定是做不了的，又不愿从事那些付出体力的低端工作，高不成低不就的他，什么都不愿去干。于是艾玲就说，既然你顾及那所谓的自尊和面子，不想去上班，那就在家做饭带孩子，我出去工作吧！他竟然也同意了。之后的几年，真的就是艾玲出去打工，苏伟在家带孩子，一家四口就靠艾玲教普通话的薪水养活。而苏伟的脾气却越来越暴躁，行为越来越怪异，两人三天一小吵五天一大吵的，日子过得郁闷极了。出去上课对着可爱的学生还得露出一副笑脸来，不能带一丝半点的情绪，有时候带着孩子玩唱游，真的一边笑着唱着一边眼泪就掉下来，赶紧擦掉继续跟孩子唱。艾玲默默地为这个四口之家奉献着，她一直认为，苏伟是爱她的，只是他的爱，爱得有点自卑，因而很多时候又表现出极度的自负，一会儿好得让人感动，一会儿又暴跳如雷让人害怕，他的行为举止真的让艾玲觉得捉摸不透。

“男人是什么构造的？我真的搞不懂他！这里跟你吵得鸡飞狗跳，一到夜晚好像什么都忘了，就希望你能满足他。我这里正满心憋屈得无处可说，哪有什么心思满足他的要求？被纠缠得烦了，我就跟他低声吼着说：你如果能做到一星期不跟我吵架，我一定不再拒绝你。你说就他那脾气，哪里忍得了一星期？没两天就又和我大吵大闹。那时候上完课，本来就很累，回到家他还要追着你吵架，搞得你身心俱疲，真的不想回去面对他，那样的日子每天都像噩梦一样。我有一次甚至直接跟他讲，你真想的话自己出去找女人吧！只要别碰我。结果他就开始没理由地怀疑我，我的包和手机随时检查，看我的信息，与谁通过话；看我的包，是否有什么可疑物品。我有一个电话簿，他随时拿在手上翻，如果听到我在跟别人通电话，过后他马上拿着电话去逐个逐个对我电话簿上的名字，看看是不是男的打电话给我，如果是就完了，跟我大吵大闹不止，后来干脆把我的电话簿给扔了。你说他是不是闲得慌，把公安那一套用在我身上了！我历来是个不太在乎钱的人，当时做家教很多时候都是收现金，收到就往钱包里面塞，也从来不数有多少钱。有一次俩人一起上街，想买个东西，我顺口说不知钱包里的钱够不够？他马上接口说够的够的，你的钱包里有多少多少钱，我一听觉得奇怪了，就问：你怎么比我还清楚钱包里有多少钱？他顾左右而言他不正面回答我的问题，我才反应过来，原来他每天都检查我的钱包，所以比我还清楚钱包里有多少钱。有时候，我越想越想不通，怎么竟然有男人可以如他一般？这是人的个性缺陷在作祟，还是太爱一个人的表现？”

艾玲为了自我提升，到深圳去考普通话水平测试，还到北京去考朗诵级别，从初级、中级到高级一路考过来，在普通话教育这一行越来越具专业性。而艾玲的大女儿在妈妈的指导下，成了朗诵比赛的常胜将军，一至六年级，六年内竟然拿了大大小小九十多个比赛冠军奖杯，可想而知几乎每个月都在参加比赛。比赛有时候还分初赛、复赛、决赛，得跑好几趟，艾玲也不知道为什么，仿佛着了魔似的，根本停不下自己的脚步，到处报名让女儿去比赛。平日里教课，周六周末就抱着小女儿，陪着大女儿到处去参加比赛或观摩学习，每次孩子得奖，优异表现都会引起现场学生和家长的关注，都跑来问艾玲是谁教的朗诵，听到是艾玲自己教的时候，都强烈要求她也教教自己的孩子，于是，几乎每次现场都会收到几个学生。艾玲学生的队伍变得越来越壮大，这就意味着收入也越来越多，日子越过越宽裕了。连艾玲的女儿都开始学着带一二年级的学生，辅导他们普通话和朗诵，校际朗诵节竟然也有小朋友拿了冠军。看到女儿如此优秀，艾玲的心感到甜丝丝的。

“我和孩子都忙着工作和上学，担心苏伟每天待在家里没事干会难受，就买了台电脑，教他上网，教他用QQ，他开始还不愿意学，没想到过了一段时间，竟然痴迷上网了，我心想总算可以不用担心他了。我压根没想到，苏伟之所以痴迷上网，是因为通过QQ谈起了网恋。无法遏制的争吵每天继续，那时候，我简直看到他心里就发慌，心想今天好好的，别跟我吵别跟我吵，但是他一天都不消停，每天都不放过我。那个时候，我就想，只要他别跟我吵架，他爱上哪儿上哪儿，爱干吗干吗，我都不想管。”

这种日子过了几年之后，两个人都几近崩溃，决定各走各的路。于是到律师楼签了分居协议。香港法律规定，夫妻双方即便是感情破裂申请离婚，也必须有至少一年的冷静期，分居一年后如无异议，才获准颁发最终离婚令。分居期间，两个人住在一个屋檐下，谁也不搭理谁，后来苏伟主动说要回内地做生意，艾玲求之不得，说赶紧去赶紧去。两人在老家卖房子的钱有十来万，她也没跟他分半毛钱，只希望爱钱如命的他赶快离开。

平静的日子过了差不多一年，苏伟忽然打电话来说，生意不想做了，一个人太孤单了，想回到她们母女身边。那时候艾玲也觉得又要上课又要照顾两个孩子挺吃力，反正他们一直也是离婚不离家，他回来家里有个照应也好。就说，想回来就回来吧！反正从小对她这么好的人都可以变成这样，她也不打算找了，跟苏伟这辈子就这么纠缠下去吧！

“苏伟人还在火车上，我在家里就接到了找他的电话。一个年轻女人的声音，语气挺焦急地说找苏伟。我问她是谁？怎么会有我的电话？她说这两年苏伟都跟她在一起。我就问她是不是做生意的伙伴，她说不是。我第一反应就是苏伟租了人家的房子，拖欠房租然后跑了，现在房东找到我这儿来了。结果那女的吞吞吐吐地说，不是，苏伟是我丈夫。我一听，觉得这怎么可能啊！苏伟再婚了还要往我这儿跑干什么？对方说，我们是十天前才领的结婚证，领完证几天后就找不到他了。然后她就到电信局去查他的通话记录，按上面的号码一个一个打过去，所以就找到我这里来了。对方问我是谁，我说是苏伟的前妻，女人竟然马上就跟我哭诉说自己已经怀孕了，他说是儿子的话就跟她结婚，可结了后没几天他就跑了。她说如果苏伟回来的话让我把他还给她，还说求求我了。我一下没忍住笑出了声，说放心放心，苏伟回来我一定把他轰回去找你。后来苏伟大头大脸地回来了，但绝口不提那个女人的事，可能是心有负罪感，为了将功补过把凌乱的家打扫得一尘不染，我看在眼里，暗自想笑，却没有着急戳穿他。反正就公事公办，我每天给他买菜钱，他就去菜场买菜回来做饭，当然还少不了他的烟钱酒钱，必须满足他的这些额外开支，不然就厚着脸皮跟你要，我是真服了他。后来那女的不停打电话给我要跟他通话，我实在憋不住了就说苏伟咱俩聊聊天吧！他说没什么好聊的。我看着有些心虚的他觉得挺好笑，就绕着弯子问他出去做了那么久生意，是亏了还是赚了呀？他马上理直气壮地说，没赚也没赔，银行卡里的钱一分没少一分没多。我想这苏伟可以啊！都是吃女人用女人，他还挺有能耐，出去两年竟然没花一分钱，还被逼婚逃回我这里来。我摇摇头啧啧两声，问他这钱没少那人少了什么没有？他说没有呀，不好好在你面前吗？我实在忍不住了就直接问他小丽是怎么回事？他吓一大跳，问我是怎么知道这个人的？我说你自己做的事纸是包不住火的，别想要瞒得过我，然后我大声读出了那个女人的电话号码。结果让我很意外，他听完后，竟然一屁股坐在地上放声大哭！他的哭搞得我有些措手不及，一时间竟有些慌乱，一向只见他张扬跋扈的样子，忽然像个女人那样一把鼻涕一把眼泪地号哭，还真让我有点不知所措。他说他对我太有感情，这辈子我对他来说实在太重要了！尽管这些年我们磕磕绊绊，冷战吵闹打架甚至离婚，他的心里都没有放下过我。他哭着说：艾玲，从小到大，这世界上我心里只有你一个人，其他人我装不下。我问他那还回去吗？他说不回，坚决不回。

“我说苏伟你上演了这么一出戏，是不是该给观众讲解一下剧情呀？苏伟耷拉着脑袋说这个女的就是当时在 QQ 上认识的，他说去做生意只是借口，其实是会网友去了，然后一起生活了差不多两年。现在女的怀孕了，逼着他领结婚证，他原本打算这女的要是生儿子的话他就抱回来让我养，可是人家逼得紧，不结婚不肯生，没办法，只好跟着去领了证。苏伟说从婚姻登记处出来，他觉得天都快塌下来了，一点都没有新婚的喜悦，好像随时都有针在刺他的背脊一样。后来他说想了再想，觉得此刻什么都不要了，他就要我。觉得尽管跟我离了婚，但骨子里觉得这辈子老婆就只有我艾玲一个，所以他想办法逃了回来。我一听这狗血剧情，居然还挺感动。他说老婆你别赶我走，我不可能没有你的！我的心立马就软了下来，我承认我没用，这一辈子就栽在他苏伟手里了。”

苏伟逃回了艾玲的身边，把新婚妻子扔下不管了。眼前发生的一切，简直太戏剧化了，艾玲心想，既然他回来了，也不能再像过去一样什么都不干，他还是应该承担一点家庭的责任，于是就琢磨着承办普通话朗诵比赛，让他学着一起做，说不定能从此找到属于自己的定位，人自信一些，也不会再无休止地跟她吵架。因为艾玲之前与其他老师合办过几场比赛，当时所有的技术、人脉、生源都是艾玲提供的，所以完全具备自己办比赛的条件。艾玲便开始着手筹备比赛，做广告，预定场地，给各学校寄宣传单，给学生家长发邮件，定下诵材，请评判老师，准备评分表……每天课后才能做这些前期工作，艾玲整个人累得够呛。没想到报名的学生还真不少，苏伟看到账上的报名费渐渐累积成了一笔可观的数字，笑得见牙不见眼，他在普通话比赛这个项目里嗅到了无限商机。两个人的出发点完全不同，艾玲是想让自己的普通话教育工作变成一种事业，能够造福更多人的同时，也能帮助苏伟走出自卑的处境，找到属于自己的价值；而苏伟，依然不愿付出，前期所有费用都是艾玲预付，可是收的钱却全部进了苏伟的腰包，赚到的第一笔钱，他听艾玲的话，马上回老家买了一套房子，但并没有写艾玲的名字。后来每年搞比赛，只要收了钱，他就马上把钱转走。几年后，艾玲开始觉得不对劲，说苏伟怎么能够这样子呢？所有费用都是她在出，可所有收入都打到了苏伟的账上，这么几年下来，艾玲几乎已经被掏空了。她说今年必须分钱，一人一半，把之前的也拿出来分了，结果比赛一结束，钱又被他转走了。

艾玲多数的学生都是一对一辅导，以前曾经在一间小学任职普通话朗诵导师，那个时候，她带的学生拿了很多奖，在学校也深得学生的喜爱和老师们的尊重，可惜她教了十个月就离开了。因为小女儿刚上小学，而她每天早上出门要比女儿早得多，小女儿常常闹铃响过了还没起床，有时迟到，有时直接睡过头耽误了上学，这让艾玲很是头疼。她时不时因为女儿的问题需要请假回去，搞得校长很不高兴，就算你教得再好又有什么用？哪一间学校能够容忍老师经常请假！艾玲觉得挺不好意思的，最后只能主动辞职。那段时间她早上在幼稚园工作，放学后分别到几个学生家上课，港九新界到处跑，直至晚上十点左右才回到家，吃饭都是随便对付一下，有一顿没一顿的，饮食、睡眠极不规律，慢慢身体就出了问题。便血半年后，腹部有时还会刺痛，艾玲觉得不对劲，才想起来到医院去做检查。香港医院排期要两个月以后，她觉得自己真的出了状况，于是就跑到深圳医院去照肠镜。结果才刚刚开始做，医生就说情况不妙，有一个大肿瘤挡住肠道，肠镜进不去。目前看到的情况是，肿瘤破了，在不断流血。后来就切了一些细胞去检测，结果出来，证实是肠癌。艾玲不甘心地又回到香港私人医院检查，结果一样，医生说，你这个必须马上做手术！不能再拖，如果你到政府医院，肯定要一两年才能排到你，在我们这儿，三天后就可以帮你做。艾玲问那要多少钱？医生说，十五万。她一听就不吭声了，她不知道，上哪儿能找到那么多钱？

“离开医院之后，我忽然想到苏伟这些年转走的钱，应该也有好几十万了吧？人好好的时候，我总想着自己能赚，懒得跟他计较，可是现在不做手术我就是死路一条，他不可能见死不救吧？回到家我就跟他说得了肠癌，需要十五万做手术。他一秒钟都没停顿毫不犹豫地说：我没钱。我说你不能这样，发生这么大的事情，我很害怕，你不能不管我。他说我真没钱！我说你要真没钱要不找你兄弟姐妹借借看吧？或者战友哥们儿什么的也试试？他一口回绝：我借不到。当时我的心真的凉透了，这个男人，那种骨子里的冷漠关键时候暴露无遗，真令人失望。

“走投无路的我，只能拖着虚弱的身体，一家一家地去找政府医院，希望奇迹出现能让我尽快做手术。然而每一家医院都说，很多人在排队，比你紧急的大有人在，所以没办法，只能等。我都快绝望的时候，忽然联合医院的护士打电话来通知我：艾小姐，你的运气来了！有位老先生预约好后天做手术，但是他发高烧做不了，我们就给你加了进来，如果后天做手术，你那边有问题吗？我欣喜若狂地连忙说没问题没问题！于是才等了没到一个月手术就做了，想想第一家政府医院预约期是三年后，到那时候人估计早没了！入院之后，我竟然还偷偷溜出去给学生上课，一是需要钱，二是学生马上要考试真的不放心。让人惊喜的是，做完手术出院之后，不用吃药，也不用化疗，什么都不用，就那么好了。这简直太神奇了！很多人做化疗做得要生要死，可我这个病一刀切走肿瘤后竟然就跟没事人一样，也许是好人有好报吧！可能上天觉得我太可怜，不忍心收了我走，也不忍心让我受太多罪，所以安排好了一切，通过这个病，让我知道人生不易以及生命的可贵。”

手术一年后需要到医院复查，一般肠癌患者很多一年后都会复发。艾玲有些忐忑地跟苏伟说：陪我一起去吧？他说好。结果两人到医院附近吃完早餐，他就说不然你自己去吧，我在外面等你。艾玲有些愕然，她不知道苏伟为什么忽然不想进去，难道他也是觉得癌症一年后绝对会复发，所以他害怕或根本不想和自己一起去面对？复查的结果出来，医生说恭喜你，一切正常。艾玲兴冲冲地一路小跑到了医院门口，苏伟正站在那儿若有所思地抽着烟。艾玲一下跳到他身旁说：嘿，苏伟！医生说我没事了，已经完全康复了哎！说完就把报告单给苏伟看。苏伟先是一愣，然后拿着报告单脸色凝重地看着，他眉头紧皱，仿佛看的是死亡宣判书而不是康复报告单。他满脸不高兴地将报告单塞到艾玲手中，转身就走，艾玲莫名其妙地问他怎么了，他理都不理径自往前走。看着他的背影渐渐消失于闹市的人群里，艾玲的眼泪慢慢流了出来。她似乎有些明白，苏伟也许就是在等着她死。所以听到自己康复的消息，他很失望。因为一旦她死了，香港、内地的房子以及所有存款理所当然全都归他，他完全可以带着属于他们的一切去和那个年轻女人过幸福生活……这一次，艾玲的心中充满了悲伤和愤慨，这让她看到的不只是苏伟的绝情，更看到人性的丑陋和人生的悲凉。艾玲终于清醒，坚决让苏伟离开自己的家，二人从此真的各行各路。

说到教课的事，艾玲一下子又情绪高涨起来："很多学生都是从幼稚园一直教到中学毕业，其中有个孩子印象最深，跟我学了十年普通话，与他对话简直已经就是一个典型的北方人了！初二他去了英国读书，没想到他妈妈竟然打电话来说，儿子去国外了没关系，您再收下我这个学生可以吗？于是做律师的妈妈又开始跟我学，因为现在的律师楼，不像从前只需要用英文、粤语交流，不少业务涉及到内地，需要讲普通话还需要认简体字，自我充电是必要的。"

我问艾玲教小孩子学普通话有什么最厉害的"武器"？她哈哈笑着说："教小孩子学习普通话我最拿手的看家本领就是变魔术，不同时段的孩子我会准备不同的道具。"话音未落她从包里拿出一个火柴盒大小的东西，打开后里面放着一枚硬币，让我看了一眼她立马就把盒子关上，然后又再打开，硬币不见了！我好奇地拿过来看，研究了半天也没看出什么端倪。艾玲笑着说，骗小孩子的东西居然也能骗到你！她说小孩上课总是没定性，一会儿就不耐烦了，我变魔术吸引他们，说只要好好读和写，我就教他们变魔术，孩子好奇心重，这一招百试百灵，学习起来也事半功倍。有个男孩特别顽皮，一开始上课根本没法安静，当我将神秘的小盒子拿出来演示了一下，他一下兴致就来了。我趁机说这个小盒子只喜欢和乖的小朋友玩，你现在乖乖读完这两段课文，它就会和你玩。孩子眨巴着大眼睛说真的吗老师？我读完课文小盒子真的会变魔术给我看吗？我说一定会。结果他真的读完了课文，读得比任何时候都要认真和标准。

"一般学拼音和认字，幼稚园的孩子我会教他们唱歌，我一直认为，音乐是学习最好的帮手。有一首儿歌几乎每个跟我学习的孩子都唱过：甜面包、咸面包味道真好，加火腿、加鸡蛋切成三角。加点糖、加点油再烤一烤，爸爸妈妈、弟弟妹妹，快快来吃面包。通常都是声情并茂，一边唱一边做动作，到最后就一起作状'昂'一口吃掉它，孩子笑得咯咯咯的，开心极了。就这样，面包、火腿、鸡蛋还有盐和糖都记住了，会认字也会读了，心情也放松了，一举多得。还有就是中英对照的《家庭称呼歌》我是必教的：爸爸爸爸 Dad，妈妈妈妈 Mommy，哥哥弟弟 Brother, 姐姐妹妹 Sister，姑姑婶婶和阿姨，英文全部叫 Auntie, 伯伯叔叔和舅舅，英文全部叫 Uncle……香港的小孩，一般都是菲佣带大，英文几乎是他们的第一语言，他们往往知道这些称谓英文怎么说，不知道用中文怎么称呼，字母歌帮了很大忙，一边唱一边玩就学会了怎么用普通话喊家族里的长辈或同辈。再稍大一些的孩子，就会让他们用对问的形式学习，比如一个孩子问：爸爸的爸爸叫什么？另一个孩子就答：爸爸的爸爸叫爷爷，等等。然后就开始教对话，对话我一般用香港有套叫"KPCC"的教材，分为初级、中级、高级，一级一级地参加考试，考完之后基本上幼稚园也毕业了。小班的孩子每堂课我会额外地准备一些蔬菜水果的图片，对照着教孩子认读；中班的时候，我就开始教拼音，先学唱字母歌，认识声母韵母之后就开始学拼音，学得差不多时又把我们之前学过的歌和图片翻出来，让孩子试着在上面注上拼音，这样就加深了对字词和拼音的印象。升到小学之后就一边跟着学校的课程走，一边也慢慢开始教孩子学习朗诵，上台去比赛。

"之后就每一堂课穿插一些《弟子规》的内容，我觉得学习《弟子规》对孩子的成长太重要了，作为普通话老师，我不仅要教他们知识，更要教他们怎样做人，怎样做一个品学兼优的好孩子，怎么孝顺父母，中国的传统文化一定是不能丢的。我教过一个孩子，妈妈在他很小的时候就离开家不知去哪儿了，没有母亲在身边的孩子我是格外心疼一些的，一直像母亲一样待他。孩子的父亲年纪很大，是个牙医，对孩子很宽松，几乎不管教，他其实根本不在乎我教孩子什么，他就是希望儿子除了保姆之外，能够有一个关心他的人陪伴着他。一个半小时的学习时间我四十分钟是用来教《弟子规》，三十分钟时间是学校的功课，一般都是读、写、背、注上拼音，剩下的二十分钟，我就用送给他的弹子跳棋和他对战，从一年级到三年级，他已经是常胜将军了，我早就玩不过他，但这种上课模式一直保持到现在，孩子很喜欢。眼看孩子一天天进步，也越来越开朗了，还学会关心辛苦工作的父亲，这让他的父亲感到惊讶和感动。他和当初那个沉默孤独的小孩，已经完全是两个样子。”

聊到香港与内地目前的关系，艾玲感慨地说：“到香港已经二十几年，见证了许多不同的时刻，我们是中国人，当然要爱自己的国家，就像爱自己的母亲一样，就我而言，认祖归宗的情绪是非常强烈的。中国如此强大，给全世界带来那么大的经济效益，影响如此巨大，我们没有理由不爱她。中国传统文化不应该丢弃，很多人嫌繁体字麻烦难写，但也有不少人批评简体字简得没有了字样，我个人觉得简体字与繁体字各有利弊吧！繁体字是古人智慧的体现和传统文化的沉淀，简体字就比较轻松易写，从速度上也快很多。这是一件矛盾的事，我们这一辈人，都是在矛盾中生存长大，也在矛盾中探索一些东西，正如香港存在的中西文化碰撞，也一直是在矛盾中去求得一种融合。”

“教了这么多年普通话，对我来说，普通话教育工作太有意义了！它不仅让我在香港这个地方安身立命，更让我找到了属于自己的体面和尊严。不知为什么教学上课时一点都不觉得累，所以得了癌症做手术前还偷跑出去给学生上课，我认为这也是我们普通话老师的一种精神，真的是把这份工作当作自己的生命一样重要，对孩子那种爱的教育和发自内心的关怀，真的让孩子们受益终生。”

几年前的一个黄昏，我参加了艾玲在香港某教堂举行的婚礼，她邀请的朋友不多，婚礼简单而朴素。场地布置得温馨浪漫，来的宾客互相微笑致意，被鲜花包围的艾玲身着白色婚纱，与她心爱的艺术家手挽手再次勇敢地走进了婚姻殿堂。再看此刻的她，一身薄纱红裙，笑得没心没肺，这样的笑容，只有幸福的女人才拥有。

直至餐厅服务生走过来，两个聊得舍不得分开的女子才惊觉时间飞快，从座位上跳起就往外冲，午夜时分，最后一班地铁即将从站台驶出。

十

“突然间癌症杀到眼前来，不是别人，就是你！就是舒悦你自己！一时间我的脑袋轰的一下，完全不能相信这样的事实。等冷静下来，我开始反思自己过往的生活，也许上天让我生病就是要让我停下来歇歇，让我冷静地去思考我所经历的这一切，他告诉我一个道理，生命也需要休息。”

戴着草帽站在太古地铁站口等候我的舒悦，穿着一身白色衣裙，化了淡妆，长发垂到腰际，十足的女人味，比从前精神了也漂亮了。四年前见她的时候是戴着很短的假发，那时她正在做化疗，模样有些憔悴。今天她精心打扮的模样，看样子已经康复了，我不由暗暗松了一口气。

在一间西餐厅角落位置坐下之后，我猛夸了她一阵，而我话音未落，她一把扯下帽子，我眼前的她竟然没有头发，光溜溜的脑袋特别圆特别大，我一下就说不出话来，空气也似乎瞬间就凝固了。她马上又将草帽戴好，摆摆头得意地笑着对我说：假的！骗到你了吧！我亦马上收起尴尬的表情，笑着回应：天哪！这简直就跟真的一模一样！她用轻松的口吻说乳腺癌又复发了，因为自己不听话呗！四年过去一直好好的，以为彻底没事了，又犯了老毛病——熬夜、加班、工作狂，结果又打回原形，这次转移到骨头上了。我前天刚做完这一期的化疗，所以让你过来我这边，省得自己跑太远伤元气。

我不安地说怎么不告诉我目前的状况？那样我们可以语音通话聊一聊，不要这么辛苦。她说这没什么，我下午还给学生上课呢！就因为这样没力气再跑你那儿。我心疼地说你不要命呀！她反应很快地笑着接住我的话说：要啊，当然要！命哎，很稀罕的。

舒悦，是我在一次带学生比赛时相识的圈内朋友。那次我的队伍获得亚军，她的那一队没有获奖，在离开比赛场地时我追了过去将她截住。我让她将评分表给我看看，她有些迟疑地看看我，最后还是递了过来。我看到评委打了很低的分数，但并没有将原因写出来，于是就告诉她刚才她的那一队学生有一个明显的错误，就是把句尾用叠句反复诵读的形式表现出来，这是致命的一个错误，直接导致没奖拿。因为校际朗诵节规定过一个细节：不能将字词重复朗读，这会影响比赛成绩。而他们重复了好几遍，肯定是没奖的。我猜她应该是第一次带集诵，不知道赛事的规定，怕她下次还犯同样的错误，尽管素不相识，但同行间的互相怜惜促使我追上去善意地提醒她一下。她明白事情原委之后，不停地感谢我，彼此留下了电话，渐渐就开始有一些互动和交往。

舒悦来自北京，之前在北京某报社做市场策划和营销工作，因工作关系到香港出差，北京的朋友便介绍她和香港的一些朋友见面。

在与香港朋友的聚会中，有一位斯文有礼的先生似乎第一眼就喜欢上了开朗、热情的舒悦，他的目光总是追随着她，舒悦感觉到了那异样的眼光，不由得暗自观察起面前这个青年来。后来几天，他自告奋勇陪舒悦逛香港，体验香港文化，在进一步的接触中舒悦内心里也开始对这个简单、实在的男青年有了好感。舒悦回京后，这位先生没多久就追到北京，正式展开追求攻势。被感动的舒悦用北方女孩特有的热情周到对其照顾得无微不至，男方因为自幼缺乏母爱，突然有这么一个美丽温柔的女性对自己关怀备至，一下就被彻底俘虏了，他觉得内地女生很爱照顾人，很体贴，很温柔，也很爱分享，舒悦就是他梦想中另一半的模样。

二人相处一段时间之后，彼此感觉都很好，先生甚至打算放弃香港的生活到北京与舒悦一起生活，他在求婚时和舒悦的父母也提到了这个问题，答应老人会到北京生活。而舒悦也认为，北京生活很方便，什么都有，她的生活圈子也都在这儿，所以婚后在北京生活是非常适合的选择。两个人结婚后，先生在北京住了大概有半年左右，典型香港长大的人，很多内地文化他还是适应不了。他开始游说舒悦，先说自己的公司虽然上了轨道，但老板长期不在迟早是要出问题的，希望舒悦跟他一块回香港生活。

舒悦看着我，说其实 2005 年到 2010 年这段时期，是北京发展得最快的几年，内心也有不舍，这里有她热爱的工作，有她最亲的人，但是没办法，在爱情面前，一切都得让步。她唯有放弃原有的一切，离开熟悉的地方，到一个陌生城市与爱着的他一起生活。既然已经嫁给他，自然是他去哪里她就去哪里，家庭是不可分割的，一旦分开，肯定会出问题。语速一直很快的她忽然放慢节奏说：婚姻里不应该有任何计算，得失由它去吧！我不在乎失去一些东西，但我在乎这个家，在乎他。当时也是因为年轻，就是一副为爱情什么都可以牺牲的状态，也不顾爸妈的反对，义无反顾地跟着先生来到香港。

初到香港，生活方面很容易适应，语言也很快学会，一个星期已经会一些日常用语，一个月以后已经能用粤语在教会分享了。学音乐的人学语言始终不一样，而且我的性格可能属于很大胆不怕别人笑那种，学语言最难过的关就是开口说，我不怕说错别人笑话，总是大胆地去交流，所以很快就满口粤语了，唯一感到不适应的就是文化差异和价值观不太一样。来香港后我们就住在东区，舒悦说，我先生有一天下班回来很郑重地过来跟我说，以后每个月我就给你固定的生活费，你负责把家管好，我负责挣钱养家。我一下就愣了，从前一直都是自己挣钱自己花，一个独立自强的女人，怎么忽然间要被人养在家里了？我内心感到强烈的不安，好像自己从此要过那种寄人篱下的日子一般。然后每一天买菜买日用品都小心翼翼地算来算去，生怕多花了丈夫的钱。没过多久，我觉得这种日子简直太辛苦，很想摆脱这种无助的状态。但那时刚到香港，自己的身份不允许外出打工，正满心惆怅之时，有朋友跟我说：你是北京来的，普通话那么好，可以尝试去教普通话呀！我一听登时就笑了，普通话对于一个北京人来说简直就像每天吃大米饭那么简单，在我所有的记忆里，这是最低级别最原始的记忆了，张口学舌的时候就开始讲的语言，如果作为职业，那简直就是易如反掌。朋友的朋友是本港在校老师，要考语文基准试，急于寻找一位普通话老师恶补一下，我说行呀！教课对于一个学音乐的人来说太容易上手了，以前我第一份工作教的就是幼儿师范的音乐，那时一班五十几个学生，而且全是青春叛逆期的女孩，再难教我也教下来了，何况现在是一对一地上，肯定没问题。再有就是普通话并不需要太多的技巧，老师教得标准，学生也自然学得标准，而且这样上课也比较自由，教完课之后可以随意支配时间，做一些自己想做的事情。

于是就开始了教这位老师学生，他很用心，进步非常快，语文基准试考了较好的成绩。考完之后，他依然继续跟我学习，后来更是不断地介绍身边的朋友跟我学普通话，就这样口碑慢慢有了，学生越来越多，大的小的都有，最初，也就是教一些普通的语法，后来慢慢开始为校际朗诵节的赛事教起朗诵来，学生有这样的需求，我就开始主攻朗诵课程。

当我两个孩子渐渐长大的时候，我开始考虑转型。从自己个人的兴趣爱好来说，我比较喜欢教朗诵、教普通话，觉得很有价值和成功感。有时与学生互动交流，你会觉得你是从根本帮助到这个人了，他（她）在你的帮助下不断成长与进步，而且信心越来越足，你会有一种发自内心的成功感。我常常跟他们说，我的角色就是一个教练，我陪伴着你，给你制定目标，给你有效的方法，然后你来完成就好了。大家都是成年人，不要把我当作一个古板说教的老师，放松心情学就好了。这些老师学到了好的教学方法之后，回校又去教他们的学生，这样我又间接帮到了很多学生，这是让我非常欣慰的事。

后来我开始慢慢教孩子学普通话和朗诵，成人学生有一定的不稳定性，因为工作繁忙，会经常改课、请假，这就导致了收入不稳定；而孩子的稳定性要较强一些，家长也迫切需要让孩子学习普通话，多一项语言技能，所以基本不请假，这样收入也渐趋稳定。特别是香港开始推行两文三语（中文、英文，粤语、英语、普通话）之后，学习普通话的学生越来越多，基本上家长都很信任我，除了少数特别挑剔的，学生都很稳定地教到三年、五年甚至更长时间。这对一个教育或被教育者来说是幸运的，有那么长的时间去为一件事情做准备，你就可以对孩子作一个长期的规划，因人而异制订不同的学习计划和内容，这是一件多么好的事情。我有一个做牙科医生的学生，跟我学了整整十年，从最基础的汉语拼音开始，到词语、句子再到文章，我看他学习的感觉不错，就拿普通话测试那本书给他全部读完。我每次都会录音，有作业让他回去练习，没多久他已经将水平测试的范文都读得滚瓜烂熟了。于是就去参加考试，拿了一级乙等，成绩很好。考完之后，又开始琢磨继续学什么好呢？我就问他喜不喜欢读文学作品，他说喜欢，于是就开始拿《水浒传》来给他读，读完《水浒传》就读《红楼梦》《三国演义》，四大名著读完之后，我想古典文学接触过了，再读一读现代文学吧！我会在读的过程中，一边给他解释，跟他分享自己怎么看待作品中一个个人物，还会跟他分享一些令自己感动的片段和情节，他也跟我讲他喜欢的人物、情节和片段，我们分享彼此的读书感受，会探讨文章中的人物性格、特点，一些闪光的片段，牙医很喜欢这些环节，这样的学习方法让他读得很有兴致。这位牙医学生每天利用自己吃午饭的时间学习普通话，从当初的一个字都不会说到现在可以到补习社教学生的高水准，这么大的飞跃，与他数年来的坚持不懈和努力是分不开的，当然，这也与他的眼界有关，重视普通话学习，接受西方文化之外的传统文化，这是对未来社会必须做更好的准备。

某体育世界冠军的儿子也曾是舒悦的学生，她说在与他们夫妇的接触中，感受到什么是真正的教养。世界冠军夫妇对老师的那种尊重，不是表面上装出来的，他们在很多细节上，包括支付学费这种细节，都体现出骨子里的善意和教养。平时孩子是司机接送到舒悦家来上课的，偶尔到他们家上一次课，他们都会跟她交流一下，并且非常尊重她的意见。这位世界冠军的儿子是在美国出生的，中文底子不够好，经朋友介绍找到舒悦，他希望儿子的中文和普通话能得到很好的教导和提升，他们夫妇也会在旁边鼓励孩子勇于开口说普通话。当时舒悦的计划就是希望孩子去美国读书前能够用中文写家书，中国人的传统文化他要懂得，并能用中文顺畅地与人交流，这也是他们夫妇最期望孩子做到的事情。舒悦被冠军夫妇这种理念深深感动，愿意不遗余力地去教好他们的孩子。孩子跟她学习了两年，直到去美国上学才停止，当然，孩子非常优秀，中文和普通话学得非常好，达到甚至超越了预期的效果。

从2005年一直教到2013年，整整八年时间，舒悦开始着手成立自己的教育中心。因为当时势在必行，与一些学校合作必须要系统而规范地操作，个人行为始终在细节方面无法操作，如果你是个体的老师就会被中心压榨和限制性地安排，你没有办法提出自己的思路，按照自己的方法去教，而且在接洽业务的时候，个人与中心的效果是完全不一样的，个人没有决定权，只能被支配、被要求、被安排。再有当时坊间有很多不同形式的比赛，有很多需要改进的地方，但是你不能跑出去跟人家说我给你一个建议什么的，人家也不会理你，除非你做自己的比赛，做一个榜样出来，让人家看到。“噢，原来是这样的，原来比赛还可以这么做。”你要做到别人做不到的，成为行业中的佼佼者，带动整个行业往更好的方向走，这样才会更有意义。

说到这里，舒悦有些激动：每一次比赛我都要亲自做示范，每一次都要细心讲评，不能说我的讲评就是完全正确的，但最起码我要勇于把我的意见讲给对方听，不是以批评为主，而是以可建设性的可改进的角度，我会当场就学生的表现做一个示范，让他们在短时间内能看到自己的缺点和不足之处，以最快的速度给他一个调整的方法，我觉得这个很重要。我不是那种只要赚到钱就不管不顾的人，对我而言，我不会说教一堂课就为了赚钱，倘若我不把我的真本事教给别人我的本事就永远在我这儿，久而久之，这本事也就没什么用处了。我觉得一个人的本事，一个人的才华一定要常常用，它才会变得更好；如果你不用，它们就会慢慢消失，有一天就会不在了。我曾经有个同学是弹古筝的，被分配到深圳一间中学教音乐，校长跟她说不如我们学校搞一个古筝队吧！她以一贯爱计较的性格问校长那你给多少钱办这个古筝队呢？校长说学校经费紧张，你先尝试开班，先付出再慢慢调整，只要有经费了马上给你拨款。她听到校长还要她把自己的古筝拿出来先用着，便打死都不干，从此就不再弹古筝，然后慢慢地手生了，古筝也弹不好了，到最后古筝都放到发霉，根本就没用了。所以说，技艺是要用来磨练的，就如一把剑要不断去磨它，让它越来越锋利。你的技艺不断在用，就会不断提升，不断进步。就像我们教朗诵，你不停在教学生，可以从作品和教学中得到更多的灵感，在你教学生的同时，学生通过你的指导再加上自己的理解，会让作品得到更好的提升。而我们在这个过程中，把自己手中的剑又磨得亮了一些，底气便更足一些，这是相得益彰的好事。

舒悦开中心就是想把教普通话这件事做得更长久更深远，当个个人教师其实就是稳妥地收钱进口袋里；而开中心，不单要支付每月三万多的房租，请一个老师要一万多，基本上她每个月就是白干。为什么贴着钱还要做？她洒脱地说你就当作这是个人理想吧！一个人做事为了生计而做和为了兴趣而做，真的有本质上的分别。既然来到香港，机缘巧合让我从事这个并不算伟大的事业，它让我乐在其中，更让我在此地安身立命，我没有理由不把它做长做久，做远做大一些。我有责任把一些好的理念传播出去，让更多的人受益。很多时候，我们在跟学生家长分享的时候发现，其实孩子的思想很容易影响家长，作为教师是需要有效而及时的沟通，你要有一个中心，你就有一个平台去跟家长更好地沟通。包括自己做比赛，也是一个平台，让他们亲身参与，会有更多的认同感。但是比赛做了几届之后就不再做了，因为曾是我手下的老师们也自己搞比赛了，太多形式相同的比赛，而许多家长也将比赛当成一种交易，我交钱报名参加，你给我一个“猪肉奖”，我换得一些升学的筹码和便利，这让我很是反感。现在很多比赛都变味了，含金量也不高了，有的老师搞比赛就是在衡量自己能赚多少钱，而不再关注一场比赛是不是能让孩子的朗诵技巧得到提升，我认为这太可悲了！我不想与变质的这一切站在一边，可以说不愿同流合污吧！一件事倘若不再是自己想要的初衷，我想应该放手。

舒悦曾经教过一个香港名校的女孩，一开始学习的时候也基本上是不会说的。但这孩子乖巧懂事，对学习普通话也有浓厚的兴趣，一开始也是从汉语拼音、字词、句子、文章慢慢搭建出一个学习架构，到一定程度就开始写作。孩子有一个特点，就是酷爱写作，于是舒悦就教她写诗。孩子的诗未经世俗渲染，有天然流露出来的那种美，有的时候读着孩子简单质朴的诗句，舒悦觉得好感动。她给学生的鼓励越多，孩子的兴致便越高，写得就更好。舒悦让孩子声情并茂地朗诵自己的作品，那种感觉，真是好极了！后来孩子也是要求去考了普通话水平测试，考到了一级证书。舒悦感慨地说：学生一旦从普通话的基本学习上升到文学的高度，学习普通话便不再枯燥，相反充满了乐趣，她拥有了创作的愉悦，那是属于精神层面的高度。这个孩子在自己的朋友圈中非常出名，许多人都羡慕她学习好，品德好，普通话好，而且还能用自己创作的文学作品来展现自己普通话的水平，这让她身边的家长和同学都惊诧不已。孩子从小学二年级一直跟舒悦学习到中学毕业，在普通话和文学方面，打下了坚实的基础。

舒悦觉得任何语言如果没有它的目的在里面，那就只是一种语言。语言的目的就是要交流，它要有交流的欲望，它要有表达自己内在的渴望，无论用文字也好，朗诵也好，说话对答也好，它必须要有一个演化的过程。她认为一定要把创意带到自己的教学里面，要让兴趣成为学生最好的老师。她经常把拼音编成歌，或是把一些教材变成游戏，又或者编一些小口诀，与学生一起互动边玩游戏边学习。她还会认真地教孩子写字，因为她认为写好字是一件非常重要的事情，空间感、美感，包括结构，造字都很有意义。学生很容易写错别字，说文解字背后有多少故事孩子们都没有概念，其实字里面有很多的学问，至少让孩子对中国的文化有一种认知，汉字造字的方式和思维对整个亚洲都是有影响的。语言也代表一种文化，而文化背后也代表一种思维，中国人的思维方式，空间的先后，背后有很多值得挖掘的深意。

在多年教学中，她感觉香港大部分的孩子都比较听话，有一些家里条件好，司机送来上课的。也有人会认为英文更重要，普通话好像只是给自己的生活添点佐料，这就是我们常说的殖民地的思想遗风还在，那种优越感还是满满地流露出来。包括家长也是将普通话的课随意改动，为英文和其他学科让步，这种观念潜移默化地给孩子也种下了“重英轻普”的心态，这种心态就会在有所选择时给他们一种暗示。舒悦有些遗憾地继续说：这种情况下我其实很难去推动太多，没有持续的学习，中断后要花更多的时间来弥补，提升还是需要积累的，类似这种家长，我会先尝试跟他（她）沟通我的理念，如果彼此的理念真的无法契合，那么不好意思，我就不教了。因为你在我这儿就是浪费时间，这是教学中遇到比较难弄的一种情况。我不怕孩子顽皮，如果一个老师的心态够稳定、够包容、够有智慧，这根本不是问题。

自己开公司，很多事要亲力亲为，教学生很忙，压力也很大，常常熬夜工作，以为自己身体倍儿棒。老公不太理解，因为他是做生意的，就觉得你花那么多心血投入那么多钱去做一件事，又不见什么收益，也不知整天在瞎忙什么。他不知道我花了很多功夫去做宣传，花很多心思去准备课程，春季有春季课程，夏天有夏令营还有暑假的课程，一年四季都要想办法创新，吸引更多的学生来报名。还有中心的比赛，然后马上又要开学了，你要筹划着招新生，如果招不到新生，毕业生的空缺没人跟上，中心就会亏损经营，总之一年四季总没有歇息的时候。自己还要上课，两个孩子放学回来还得管他们，等到他们睡了，夜深人静的时候，自己才可以静下心来写各种课程宣传文本，写到两三点钟，睡眠严重不足，压力又太大，身体就发出警告了。性格里的好胜因素导致自己好像拼命三郎一样，总是觉得这件事情我很努力去做难道做不好吗？我明明可以做得更好一些不能就这样算了，我一定可以达到我想要的目标！就是这样，一件一件的事情不肯善罢甘休，苛刻地对待自己的后果就是癌症杀到眼前来。对，不是别人，就是你！就是舒悦你自己！听到消息的那一刻，一时间我的脑袋轰的一下，完全不能相信！我想到两个年幼的孩子，我想到丈夫，想到年迈的父母，更想到死亡……我觉得我不能死，一定要战胜病魔，好好活下去！其实自己患病以来，也在自我反思，上天告诉我一个道理，生命需要休息，他让我生病的过程就是要让我休息，让我冷静地去思考我经历的这一切，是不是过去做的一些决定不够合理？当时是不是被什么东西蒙蔽？或者是不是你自己做事太过心急，太急于求成？我不是近利，但我承认真的有些急功，想快点有成效，你想开一间中心肯定是有压力的，于是就拼命去做，不顾身体发出的警告，于是就出大问题了。所以上天让我停下来，按了一个暂停键。我这种人就是太过追求完美，太过投入自己的工作，忽略了身体的需要，忽略了别人的感受，我先生其实对我这种疯狂的工作态度早就提出抗议，而我就认为他不理解不支持我太不应该！我真的忽略了很多东西，所以老天爷就说：好吧，既然你什么都看不到，那我就让你安静下来，自己好好想一想。

我生病那段时间，认真地回想自己的状况，难道多教几个学生，多开几个课程，多做几份宣传海报，你就能达到你想要达到的目标？我的回答是不能。所以让我停下来是对的，不患病，不停下来，不会有这么深刻的痛和领悟。当我愿意停下来思考的时候，就会很快调整自己的状态，不会再跟之前所追求的境界死缠烂打。虽然我的确想要做一些事，我是想通过教育，来影响一下身边的环境，建立一个好的分享平台，帮助一些人的同时也让自己的生命价值得到体现，也希望自己的努力会有一些回报，这都是很正常的。但这是一个非常辛苦的过程，我不是例外，我想任何一个人做都会是这样，你必须要愿意付出这么多你才会得到这么多，除非你是用一些不正当的手段，用一些不合理的方法。其实通过这个病反而让我看到，你若想实现你的目标，未必只能用眼前这个方法，也许还有别的更好的方法，这就值得自己去好好反思。那一段时间我冷静下来，去祷告，去聆听自己内心的声音，唱唱歌，放慢脚步，享受生命中慢节奏的美好，真的要放慢，不然的话我那脑子根本没空间再去装那些更重要的事情。

我那时候每时每刻脑袋里都有几千几万个想法，根本没有停下来的时候，写着策划稿的时候又想着这个东西要怎么样那个东西又要怎么样，那么多的事情怎么也做不完。好像打了鸡血似的总是处于战斗状态，如果计划中的事情没有完成，那就说明这个月成本就拿不回来，下个月的租金、人工等还等着要支付，人一下子又着急上火的，情绪马上就低落下来。我自己知道这是不好的，不健康的，这可能已经违背了当初你做这件事的初始愿望。知道自己患乳腺癌的时候，我流着泪立即上网搜索香港有关这方面最有权威的医院和专家，我不想死，真的！我还那么年轻，我的孩子还那么小，我还有那么多想做的事情没有完成，我怎么能死呢？

强烈的求生欲望让我找到了后来的主治医生，我马上提笔给她写了一封信，信中我将自己对生命的热爱，对家庭孩子的眷恋，对现实的不甘心通通写出来，我跟医生说我的两个孩子还小，我不希望自己带着沉闷抱怨带着对生命失望的态度去面对这个不好的事情，我希望得到医生的救治，希望能得到一些最好最有效的医治，希望我能有一个新的希望和机会，与家人好好生活下去……也许是我的真诚和强烈的求生欲望打动了这位全港最好的乳外科医生，也许是她的从医生涯中从未收过这样一封来自病人手写的信，她竟然亲自给我打电话，说明天两点你到医院来找我吧，我接收你这个病人。这简直就是一个奇迹！因为这位医生名声在外，每天的病人都是排得满满的，近几个月的号都没办法挂到，然而她却亲自给我打电话说愿意医我这个病人。当时我的眼泪止不住地扑扑往下掉，我一面哭一面哽咽着说：好的好的！我明天一定准时到！谢谢您医生！第二天见到医生的时候，她若无其事地让我坐下来，然后笑着夸我的字写得好看，我也笑着说是不是因为字写得好看所以加分就决定医我了？医生哈哈笑了，说我还知道开玩笑说明肯定有救，她愿意破例收这样可爱的病人。

手术很成功，是用目前最先进的技术，就是在胸部划一个圆圈把里面的纤维组织全部切除掉，将腹部某块肌肉切出来移到胸部再缝合，术后等慢慢恢复。目前来说这已经是一项非常成熟的技术，乳腺癌患者能够得以保留乳房，这一点我无比感恩，能遇到这么有爱又技术高超的好医生，是我的幸运。但我相信，这背后也有上天的庇佑，我觉得这一切都是冥冥中神的旨意，他让我放松自己，停下脚步，他知道我的需要，派了一个好医生来医治我。那个时候其实很无助，跟先生因为办中心的事情闹得有些不愉快，需要支持的时候只能一个人扛。他很介意我的普通话中心一直亏本不说还搞垮了自己的身体，既心疼又不满，对我真的是满腹怨气又无可奈何。

我一边要治疗，一边还要照顾两个孩子，在做化疗的时候我甚至还在教课，那个时候我觉得自己太厉害了！我总觉得有的学生交给别人带我真的不放心，大部分手头的学生我都坚持教下来了，只有一间学校的课实在教不动了只好找你帮忙，因为对你的了解和信任，我才愿意把这间合作十几年的学校交给你去带。

想起几年前舒悦打电话请我帮忙带一所学校的学生，当时才知道她患了乳腺癌，我二话没说就答应下来，那间学校的朗诵课程有七个学生，我帮她带了两年，与学生们结下了深厚的感情。孩子们还建立了一个群组，取名叫“七个小矮人与公主”，我问他们公主在哪里，孩子们笑着说就是老师您呀！当时把我给乐坏了，看学生们把我这个老师宠得够可以吧。

我正沉浸在对往事的遐想中，舒悦有些急促的声音又传过来：2014 年发病，2018 年复发，这次癌细胞转移到骨头里去了。又要开始做化疗，抗癌战士又开始战斗了！在香港玛丽医院做化疗，每星期打一次，每一次七千元，要一直做到癌细胞不见了为止。现在化疗的药又有改进了，比几年前要好很多，以前做化疗那种痛苦，简直难以忍受，我都不知道是怎么撑过来的，还一面做治疗一面教课，简直是奇迹！

说真的，听着舒悦的讲述，尽管她一直笑着说，我的心却一直揪着痛，拼命三郎也没她这么拼吧？听得我的眼泪都要掉下来了。我叮嘱她切切不可再熬夜，生命如此可贵，不可能一次又一次那么好运气。不能抱着侥幸的心理，以为上天永远会眷顾自己。

再回到推普工作的话题，舒悦又劲头十足地说道：回想这么多年来，咱们这推普工作其实真的不容易。首先香港多年的殖民文化，不能否认，香港这个社会有些人对普通话的抵制和反感还蛮大的，曾经也发生过家长联名反对普通话做官方语言的事件，所以我们推普的工作必须是建立在彼此尊重和理解的前提下慢慢来进行，我觉得我们希望推动的首先应该是人的心，而不是外在的一种语言。当你尊重一个人的时候，你会明白对方真正的需要，你会把这个语言作为一个礼物送给他们，让他们真心欢喜地去接受，好过强加于人。这是我们作为老师也好语言工作者也好，要特别留意的事情。正如国家的少数民族政策那般明智，你不能说让少数民族全部汉化，让他们失去自己的语言。而是在尊重保护原有的民族文化语言文化的同时，再注入一些新的文化元素进去。这个时代是与时俱进的时代，在人与人的空间，我们要有更大的包容性，不是说我们说普通话就不能去说粤语说英语，文化是需要互相交流和融合的。比如我搞讲座的时候，我会问主办方受众者是什么语言群体？如果是粤语的话，我会用粤语与听者交流，在需要表演朗诵作品或做一些示范的时候，我就会用普通话演绎。粤普并用，事半功倍，这样就能与听者很亲切无障碍地交流。语言最大的优点就是拉近人与人之间的距离。

我的家庭也算是一个文化大融合了，先生祖籍福建，他说粤语，也说闽南语；我说粤语，也说普通话；而我们的孩子，就必须会粤语、普通话，因为有菲律宾女佣的缘故，他们还必须学会说英文。生活中，我们要面对不同的人，我们有不同的关系，我们因为尊重要用不同的语言来跟对方交流和沟通，这是最融洽最顺畅的关系，这也就成为一个有机融合体了。一个家庭尚且如此，何况是一个地区一个国家呢？所以我觉得我们做推普的工作，不如说是一个融合的工作，包括我们从内地来到香港，小小的一个家庭也是一种融合，虽然香港的现实社会，存在两种文化的割裂，而我们不是来撕裂的，是来融合的。我从北京来到香港，嫁给了香港人，干吗嫁给香港人？完全可以在北京找一个合适的对象，双方也不存在什么文化的差异和冲突，但既然命运如此安排，它就是你的使命，要来融合慢慢消除旧有的成见。其实这也是关乎人性的事，我们来到香港的时候，都在寻找自己的角色，而我们又都不太愿意接受自己所扮演的角色。你必须要清楚自己的身份，你从哪里来？你的资源，你的背景，你对未来的愿景等等。很多两地婚姻的破裂正是因为这种文化上的差异造成的，因为彼此对自己对对方都没有深刻地去了解去面对和去包容。

我们的生命是有限的，你想要让自己的生命是有益的、有建设的、有帮助的还是要来做一个负面的、批评的或破坏的？这是我们必须做出选择的事，每一个人倘若能够管理好自己，我们就是已经在改变社会了。我从前总会有很远大的理想和抱负，后来才慢慢发现，很多事情都是自己无能为力的，那倒不如回过头来，好好想想自己能做到什么，做一些自己力所能及的事情。

我们普通话老师这个群体人越来越多，很多年轻的人会走进来，其实这个市场慢慢也会变得越来越大，怎么样在这种大环境下，把一些正面的气氛，正面的态度传播出去呢？更多的时候，我们需要一些真正高素质的、没有太多功利心的老师加入这个队伍，将推普工作更好更有效地进行。我的心愿就是做一个真正非营利的机构，用来做教师的发展，真正意义上的培训或树立职业观、道德观，让大家有一个像家一样完全放松的场所，能有一个情感联系的平台和机构。在教授普通话这个过程中，不同程度地让身边的成人或年幼学生更多更深地接触到中国文化，让他们能够说一口流利的普通话之余，还能了解并爱上中国文化，这对留下来的英式文化也是一种冲击。起码有一部分人，他们在欣赏西方文化的同时，也开始接纳和喜爱中国文化，甚至还会分享给身边的人，我认为，这是教授普通话更深一层意义，这对我来说，也是最有价值的。

在太古中心的西餐厅里，我们作了关于家庭、生命、工作、理想、文化甚至人性的深度交谈，这是一次非常有意义的访谈。舒悦对生命的态度，对工作的热忱，对家庭的责任，对理想的追求，对文化的见解，对人性的透悟，让我在离开她之后的地铁中陷入了深深的思考。

想起刚才在夜色浓郁的地铁站口，她走过来紧紧拥抱了我一下，在三十六度高温的炎炎夏夜里，我们仍然能感觉到彼此的体温和热烈的心跳。我们都暗自庆幸还活在这个世界上，为理想，为未来，为所有热爱的事物，我们仍在努力地发着属于自己的那份光和热。我微笑着对自己说，每一个生命都独一无二，每一个生命都不可复制，未来，是美好的；活着，更应美好。

十一

“你这样舍不得放手那样舍不得放手，你想要顾及很多事情，贪心的结果就是上天把你的现实全盘清空，全部收走，这也许算一个警示吧？很多时候我们拼了命去做一些事情，并不是你付出了多少就会回报你多少，所以在走得太急太快的时候，应该停下脚步，好好反省一下自己的生命状态，凡事不要太拼，弦不要绷得太紧，适当时候，应该享受一下放松的乐趣。”

认识语嫣是在十几年前的教师合唱团，她姣好的面容，清瘦的身材，优雅的举止，得体的谈吐让我初见就有很深刻的印象，暗自猜想她是不是上海女子？在之后的交谈中，得知她果然来自上海，我为自己的猜测暗自得意了一回。语嫣确实是个典型的上海姑娘，无论长相、性格、衣着品位等都是毫无折扣的精致女子。在香港多年的生活中，她逐渐变成一个老练的人生赢家，但无论怎样变，骨子里的上海气质都是抹不去的。

看着安静美好端坐眼前的语嫣，你无法想象早在2003年的时候，语嫣的身体曾经出过很大的问题。她患上了一种叫多发性肌肉炎的疾病，就是免疫系统自己攻击自己，所有肌肉慢慢坏死，此病严重者可以致命。

“我突然就那样瘫在床上动弹不了！”语嫣在说起当年那场大病时似乎还心有余悸，“因为全身肌肉都没力气，用手摸头这么简单的动作都做不到，走路也无法站立起来，完全失去了照顾自己的能力。之前的医院和医生都没有诊断正确，耽误了治病的时间，后来遇到了一个良医，医生的正确诊断非常重要。之前不知为什么走着路会突然摔跤，爬起来走几步又摔下去，摔得整个人鼻青脸肿，甚至连楼梯都走不上去了。我看了四个业界都说很厉害的医生，包括骨科权威医生，就说我肌肉劳损，说我膝盖有问题，就给我打针，也没见任何好转。后来骨科医生就给我介绍了另一位医生，他还没见到我，在听了我描述的病症后已经估摸到我患的是什么病。我是直接到香港养和医院挂号要找这位医生，他当时在自己的诊所没在医院，就安排了几项检查，结果当天就出来了，果然不出他所料。医生晚上回到医院时，马上给我下重药，并实话相告这个病是会死人的。但是他说完之后我反而没有那么害怕了，好像已经准备随时离开这个世界，开始准备自己的后事。那时候每天重复做一件事，就是给两个女儿分别写了很多卡片，希望这些注满一位母亲临终前所有爱、温情和叮咛的小卡片可以陪她们度过未来不同的阶段，让她们在失去母亲陪伴的人生中行走得不至于那么孤单。真没想到自己当时心理那么强大，竟然能够平静地接受那样的现实，平静地处理自己的身后事，人也许真的要经历过，才知道自己的极限。

“看着自己身体的机能一天天衰退，昨天这个脚还能动今天就不能动了，今天这只手能动明天又不能动了，慢慢就延伸到了心脏，呼吸都有困难了，你能想象那种感觉就如深陷泥沼的人，一点一点被无情地吞没，又像是被人下了魔咒，慢慢失去行动的能力吗？

“当时小女儿还在读二年级，在病魔即将吞噬我心脏的时候，我也等待着永远闭上眼睛那一时刻的来临。也许是我强大的意志力以及对两个女儿极度的不舍，可是所有一切忽然停止了，有信仰的人肯定会认为这是神迹，反正具体什么原因我也说不清楚，医生也无法解释，仿佛魔咒在千钧一发之际被传说中的仙女给解除了，身体的机能又一天天慢慢恢复，从心脏以下，一截截地复苏。医生也觉得这完全是奇迹，根本就不可思议，这种绝症不是单凭意志力就能够抗衡的，真的太神奇了！从那时起，我开始对冥冥中的一切满怀感恩和敬畏。

“后来我反思自己的生活状况，突然得这样的怪病我觉得是因为工作压力太大，还有来自家庭的压力，再加上自己不服输的性格。原本来自工作的压力应该在家庭中得到纾解，但是得不到。那个时候丈夫已经调回日本，而我带着两个女儿继续在香港生活，丈夫休假的时候才能过来香港探望我们。因为女儿的学习成绩不好，很多功课不会做，每天下班回来还得辅导她的功课，真的是大伤脑筋。本来下班后人就已经疲惫不堪，女儿的反应又是那么不积极，我常常会被弄得很生气，大动肝火指责她，结果大家都不开心。夜里被这样那样的焦虑搞得睡不着觉，第二天要应付繁重的全职工作，有两天晚上还要到夜校去给成人普通话班上课，因为教得蛮开心又很有成就感，就算再累也不舍得放手。

“所以你这样舍不得放手那样舍不得放手，你想要顾及很多事情，贪心的结果就是上天把你的现实全盘清空，全部收走，这也许算一个警示吧？很多时候我们拼了命去做一些事情，并不是你付出了多少就会回报你多少，所以在走得太急太快的时候，应该停下脚步，好好反省一下自己的生命状态。凡事不要太拼，弦不要绷得太紧，适当时候，应该享受一下放松的乐趣。”

经历了这么一场“生死搏斗”之后，语嫣彻底放慢了脚步，辞去了学校的全职工作，好好休养了一段时间，觉得完全康复了之后，只是固定在几家学校教课外活动兴趣班和朗诵班的课程，也开始慢慢收一些个别辅导的学生。她觉得在家里教学生其实也蛮有成就感的，有的学生从幼稚园开始一直学到高中毕业，普通话精通到都可以自己开班教学生了，后来孩子到英国上大学，放假回来还会请她喝茶，直到现在和学生还有家长都保持联系。“还有一个女孩，现在还在教，也是从小就跟我学，学生也很努力，说要考普通话水平测试，然后就带她读诵材，后来考了个二甲回来，她说不甘心，下次还要去考。”语嫣就跟学生开玩笑说，哪能那么容易让你考到一乙，那不是抢了我的饭碗了吗？两个人大笑起来。

语嫣毕业于上海师范大学，大学毕业后在某一机构实习期间，刚好那个他从深圳来上海，当时认识的过程很有趣，现在想来也觉得是缘分天注定。

他工作的公司是日本、中国内地、中国香港三方合作的，他是日方的经理，而他和中国内地方的经理是很好的工作伙伴也是生活中要好的朋友。中国内地方经理是上海人，有一次公司刚好有几天假期，中国内地方经理要回上海，他也兴致一来就跟着经理来上海了。那时深圳没有直飞上海的航班，他们二人就从深圳到广州再飞上海。结果他在广州机场就把护照给丢了，当时还是广播让登机了，但回程还得使用护照，这让他很着急。事情就是那么不凑巧，刚抵达上海，中国内地方经理就收到了外公突然去世的消息，这下可就把他给难住了！怎么办？不能把日本朋友扔在酒店不管，又不能让他跟着自己忙葬礼的事，这可该怎么办才好？刚好语嫣的妈妈跟这位经理的小阿姨是很好的姐妹，小阿姨知道了这件事，就跟自己的外甥说不如让我小姐妹的女儿陪他在上海玩玩吧！她懂日语，刚好大学毕业在实习，应该能够请到假陪你的朋友几天。于是小阿姨就跑到语嫣上班的地方去找她，当时电话还没有普及，只能亲自跑一趟。语嫣听阿姨讲了事情经过，决定帮这个忙，就跟单位请了三天假，一段跨国婚姻也因此埋下了幸福的种子。

他在上海待了两天，语嫣就陪他去上海各大景区看了一下，然后还陪他把护照办了。当时要补办一个护照程序相当麻烦，日本驻上海领事馆与出入境办事处像踢皮球一样踢来踢去，后来语嫣就火了，跟出入境办事处的人理论，终于给盖上了一个临时护照的章，让他第三天得以顺利返程。

当时也许是语嫣对他这件事的着急上心，紧张积极解决的态度，让他觉得心里有什么东西被触动了一下。一个刚刚大学毕业，善良美好而又真诚的女孩，打动了这个日本男人的心。他回去以后，一直很热情地给语嫣写信，对其展开了热烈的攻势。信中他一直强调希望语嫣能到深圳来，看看改革开放的特区是怎么样的，也希望她的到来，能为他们的未来铺开一条希望之路。书信来往了很长一段时间，彼此确定了恋爱关系，为了彼此有更深的了解，语嫣决定辞职到深圳去，那时候很多人都往深圳走，经济特区的魅力和他热切的信件深情的表白也燃起了语嫣对未来生活的向往。

到深圳生活之后，两个人接触多了，感情也越来越深，语嫣在双方父母的催促下与日本籍的他结为夫妻。丈夫长期在香港工作，每天往返深圳其实很不方便，那时候内地一线城市申请到香港定居需要轮候很长时间，语嫣就先到日本生活，然后再想办法申请到香港。当时也是费尽周折才拿到了香港定居的通行证。那时候香港还未回归，还归英国人管，她的老公公人挺厉害，先是写信求情，后见无果干脆跑到领事馆找领事争取。记得当时总领事把他们叫到一个小房间去谈，老人家就对领事说：你看人家一对新婚的小夫妻，你有什么理由让人家分开来？语嫣那时候的日文、英文还不是那么流利，领事问话的时候也不知道该怎样回答，全仗着公公能言善道的嘴和一副正气凛然的样子，一年内语嫣前往香港的单程定居通行证就批了下来，这要在内地没有个三五年一定批不了的。那一年是一九九三年，她到日本绕了一个圈，生了大女儿，就顺利地带着孩子从东京到香港与丈夫团聚，开始了新生活。

语嫣大女儿在一岁的时候一直咿咿呀呀学说话，你从背后走过去的时候，她也会忽然转过身来，所以连香港健康院的护士在检查身体时都没有发现问题。还是语嫣的母亲细心，在她带孩子回上海探亲的时候，她母亲说不可能这么大还不会说话，可能孩子的听觉有问题。于是就拿个锅盖在孩子耳边敲，孩子竟然什么反应都没有！后来就约了去看病检查。

“那时的我还很年轻，觉得世界都要塌了，根本无法面对这么可爱的孩子竟然是个聋子的现实。到了那天，我找借口说要陪同学去办重要的事，让妈妈一个人带着孩子去见医生，然后自己逃一般地走了。按理说有什么事能重要过女儿看病的事呢？我就是想逃避整件事情，不敢面对女儿被医生真正判定为聋子，就让外婆带着去了。我一个人在街上慌乱地走来走去，既抱有侥幸的心理，又充满无边的恐惧。后来母亲回来说还好你没去，上海医生说话很直接很伤人，一点婉转都不会。他说这孩子没用了，就是个聋子，以后都听不到声音，就算戴耳机也一点希望都没有了！回到香港后，我又不甘心地带着孩子去医院看，香港医生比较人性化一些，就建议孩子戴上助听器，到言语治疗中心去观察治疗。我心里渐渐又觉得开始有希望，孩子一天天慢慢成长起来，我也在这个治疗过程中认识了一帮家长，大家互相交流，互相打气，越走越轻松，也能坦然接受这个现实并积极去面对了。”

到香港之后，一开始孩子还小她也没有出去工作，后来朋友说她的普通话那么好，怎么不去教普通话，这太可惜了！后来女儿上了幼稚园，一些女儿同学的妈妈就找她帮忙去教孩子学普通话，一开始也就真是当帮忙一样，没有收学费，除了一些复印的费用，全都义务教那些孩子。教了一段时间之后，家长就认真跟她说请她正式教普通话和中文。后来在外面也尝试去带一些学生，感觉挺好，她就去找律师楼做了教师资格证的公证书，正式教起普通话来。

“我觉得自己运气挺好，当时在《明报》上看到学校招聘普通话老师的广告，有两间学校我觉得挺好。一间是小学，一间是职业学校。职业学校工资比较高，面对的是成年人，相对来说会好教一些；但我又有另一方面的打算，那间小学是间名校，如果我进去教，有可能我的女儿就不用费什么功夫直接可以升读这间小学，所以最后还是选择了去小学教普通话，一切都很顺利。第一次去面试，很顺利就通过了，我也是没有多想什么。课上了一段时间之后，我们的普通话科主任跟我讲，你知道我们校长为什么请你吗？其实当时很多人来面试应聘这个职位，而且在你之前有一位无论是资历或是经验都比你丰富的老师已经见了校长，原本校长看了她的履历各样都挺满意的。但因为校长不会普通话，就用粤语问了她一句，你会说粤语吗？如果会的话我们就用粤语交谈。那位老师第一反应就有些夸张地用粤语大声回应：咁係识啦！（当然会啦！）校长就因为她这种无礼和自满的态度一下子对她印象大打折扣。我想起当时校长也问过我同样的问题，我只是微笑着说：会的，我会的。因为来香港已经几年了，所以说粤语没问题。我看校长也是满脸笑容地点点头，一副赞许的样子。经主任这么一说，我才知道背后还有这么一个故事。

“那个时候在学校真的就像开荒牛一样，普通话真的不是很普及，这间学校第一年请普通话老师，教材什么的都没有，全都要自己编。我每一堂课都要认真备课，教材做得丰富多元，从拼音、会话到字词，学生们很喜欢上我的课，课堂的气氛好得不得了。我这个人就是这样，既然选择了这份工作，就要极其认真地对待，对学生不能马虎了事，教人育人，不能对不起自己的良心。

“在学校教到第二年的时候，教育署安排人到学校来督学，就是特意要来看我的普通话课。当时需要提供三年以来的教材以及考卷，那时学校就我一个普通话老师，我利用所有的休息时间，加班加点，几天时间内为学校弄好了教案、教材、试卷等交给教育署的人看。来人还提出要观课，期间还会偷偷找学生问上普通话课的感觉，问老师上课的表现如何等等。几天的考察下来，教育署职员最后给了我们学校很高的评价，而且评分时给了一个A，这在教育界是很难拿到的评分。当时举校欢庆，这真是一件非常难得而且值得高兴的事情。校长在大会上还专门点名表扬我为学校做出的努力和贡献，因为学校之前没有一科是拿过A的，而那一年，我教的普通话科为学校完成了一次突破。记得当时教育署的督学问过我一句话：外面这么多普通话进修的课程你为什么不去读一读呢？我心想我自己在大学学的东西比这个高级多了，我干吗还去学那个小儿科的。我只是笑着说了一句：因为工作太忙，等有时间我会考虑去进修的。现在想来自己还是缺乏勇气，我为什么就不能挺起胸膛说我在内地大学所学的知识比起坊间各种各样的进修机构高级多了！有上海师范大学这么响当当的牌子，还去拿那些普通话进修证书干吗？”

语嫣那时候编的一整套小学普通话教材，内容丰富且非常实用，记得我有一段时间在带一帮小学的孩子，每次都要花很多精力去编教材，她听说了大老远地提着一袋复印好的教材来给我，说希望能够对我有所帮助。这件事让我当时心里挺感动，觉得在香港这个地方，很多同行的老师都是忌讳你知道她在教什么怎么教的，像语嫣这样毫无保留慷慨相助的人很少。教材对我的教学确有事半功倍的作用，让我省去了每天准备教材的时间，而且她编的教材，真的很受学生喜欢。

“人都是这样一步步走过来的，像刚刚踏入普通话这个行列的时候，从助教开始，很低的工资，很辛苦的岗位，但是在助教这个岗位上我学习到了很多东西，我跟的几个老师都有丰富的教学经验，教得非常好，我边教边学，对我来说，吃过的苦，都是累积的财富。

“我上课是非常开放的、灵活的，也可以说是比较‘闹’的！学生们常常会忘乎所以地跟着起哄，课堂气氛总是很热烈。在会话的环节里，我会尽量找一些他们感兴趣的素材，比如说教成语，让他们上台把那个成语表演出来，学生们都玩疯了，加上自己的创意和想法，表现真是棒极了！整整一堂课上下来都是轻松愉快的。普通话总是离不开自我介绍呀，看医生呀，去餐厅呀等等日常生活用语，所以就要想着法子让孩子们多学一些课本以外的知识。我教的班成绩基本都很好，上课气氛也特别活跃，有一次我们‘玩’成语玩得太嗨，隔壁班的老师竟然跑过来‘嘘’声示意我们班安静一些，我赶紧跟老师说不好意思吵到你们了！转过头和同学们伸伸舌头笑着说我们继续，但是音量收小一些，免得让隔壁班的孩子羡慕，同学们都哈哈笑了！其实校长经常在教室外巡视，她看到这种情形只是微笑走过，并没有进来制止我们，说明她认可我的这种教学方式，所以就任由我们这样热热闹闹地上课。孩子们都喜欢上我的课，而我自己也上得开心，其实小学普通话的教学目的就是要让学生们会说而已，也就不要搞得高深莫测一本正经地去上。我每堂课都让他们唱歌，通过唱歌的形式也能有效地提高说普通话的能力。

“不管怎么样，我曾任教的那几间学校都有所得益，我从没有那种做到不想做的感觉，完全是享受而愉快的，不管多苦多累，都是开开心心的，从没有过抱怨的心情。很多身边的老师，她们会有很多抱怨，抱怨校长抱怨老板抱怨学校抱怨学生，我很奇怪她们怎么就那么怨气冲天的？我一直快快乐乐上班去，从没有过负面的想法，我喜欢教普通话这个职业，所以就把工作当享受。”

香港从八十年代开始已经在社会推广普通话，直到九十年代，香港回归以后，全社会越来越重视普通话教育，政府投入大量资源推广普通话，先从校园作为起点，把普通话科纳入常规课程。

语嫣也可以说是最早进入校园教普通话科的老师。当时，校园中缺少讲普通话的语言环境，学生们基本上都不敢开口讲，为了营造氛围，她在学校举办了很多活动，例如普通话周、歌唱比赛、朗诵比赛、推普口号创作比赛、话剧表演等。而这些活动不但令学生们对普通话产生兴趣，也大大提高了学生们的普通话听说能力。她认为，在香港推广普通话要持之以恒、循序渐进、逐步推广及普及，让学生多接触普通话，在耳濡目染的环境下自然就会提高普通话的语言能力。

“我做一对一辅导最大的感受就是一直陪着他们长大，教给他们知识，教会他们为人处事，教会他们处理一些突发的事情，看着他们从一个小小的人儿长到比我还高，那种喜悦和满足是任何感觉都无法替代的。”语嫣感慨地说，“香港孩子学习中文大部分都很困难，在我这里，我尽量为孩子打开了外面世界的另一扇窗，让他们接触课本里面接触不到的事物，激发他们的想象力。让他们知道燕子长什么样子，知道小麦、谷子长什么样子，知道虾没煮的时候是灰色的，知道苹果、橙子没切的时候长什么样。这些不是开玩笑的，真的有孩子不知道橙子是有橙色的皮包着的，我都被吓到了！香港有钱的家庭，孩子由小到大都有菲佣伺候，什么都是恨不得别人喂到嘴边，所以我这里的学生我会尽量让他们对自己平时接触不到的世界有所认知。

“人生就是这样，明明漫长的二三十年过程，怎么三言两语就说完了呢？明明经历的时候仿佛千难万险，你回过头看看，却也是眼睛一眨就过去了的事情。正因为走过许多不容易的日子，才发现在这些年的历练中，自己早已不是当年那个听到女儿有耳疾都要逃跑的年轻母亲了。以致后来自己身患重疾，面对个人生死的大问题时，都已经能够坦然，这就是人生历练给人的馈赠。所以我现在要学会享受人生，一直都是为家庭为孩子为学生活着，现在该为自己开开心心活一把了。”语嫣微笑着。

如今语嫣大女儿刚刚工商管理硕士毕业，小女儿去年香港大学毕业已经在从前她执教的小学当助教，接母亲的班循着母亲的足印开始属于自己的人生。而她，整个人放松下来，生活的压力没有了，减少了很多课程，开始写写小诗，开始周游世界，开始享受属于她自己的人生。

十二

她从手袋里取出一方洁白的手帕，轻轻按一按两边的眼角，擦掉了流下来的泪。这个小细节不禁触动了我，二十一世纪的今天，整个世界似乎都被一次性用品塞满了，包括那弥足珍贵的爱情，也沦落到快餐节奏。可是眼前这个弱女子，还在坚守着七八十年代人们的一些传统美德，在纸醉金迷的香港，她正如一个安静的旧时女子，眼角眉梢写满端庄，而骨子里透出一种坚定与倔强，仿若真善美的化身，与之对坐都忍不住要挺直脊梁。

向真见到我，一如每一次见面，双眼含泪，过来紧紧拉住我的手，什么话也说不出来。自从几年前她的弟弟突然中风，我和几位姐妹帮过她之后，她说不知道为什么，只要见到我和另一位姐妹果成，她就忍不住要掉泪，她的生命里遇见的冷漠太多，而我们给予她太多温暖，见到我，就如见到亲人一般。

向真来自湖北一个小乡村，纤瘦的身体仿佛一阵风吹来她就会倒，她四十出头，不施脂粉却肌如白雪。她经历的苦难似乎没让她的容颜有太大改变，看来上天还是对她有所偏爱。

1991 年中专毕业后，她就在家乡湖北一所乡镇学校教书。没多久父亲因病去世，一直和父亲感情非常好的向真感觉天塌下来一般，她无法接受父亲这个顶梁柱离去的现实。而她的母亲，是个小儿麻痹症患者，自幼腿脚就落下残疾，虽然行动有障碍，但双手却非常灵巧，缝缝补补的十分在行，就在村里开了个裁缝店，帮衬一下家里。现在父亲走了，两个弟弟还在上学，自己代课那点微薄的薪水还不够自己用，怎么也供不起弟弟们上大学的。有一个亲戚看她家的日子不是那么好过，因为从小看着向真长大，觉得她一直都很文静、乖巧又长得漂亮，就想帮她找一个好人家嫁出去，以改变命运。亲戚有一位老朋友是前厦门大学的教授，现在退休了在香港生活，教授的儿子正好单身。他在深圳和香港都有公司，早年谈过一个女朋友，已到谈婚论嫁的时候，女孩忽然得鼻咽癌去世了，这对他来说是一个非常大的打击，之后就一直没有再找女朋友。别人给他介绍了不少好女孩他连看都不看，也不肯结婚，他的父母着急坏了，但又拿他没有什么办法。他的父母当年四十多岁才有的他，老两口就这么一个儿子，所以宝贝得不行，简直就跟命根似的。他家的条件相当不错，在香港的公司也有几百号人，专做闭路电视还有飞利浦家电维修总代理，深圳的公司规模也不小，他的各方面条件真的很好，人也长得高高帅帅，不过就是不肯交女朋友不肯结婚，这让老两口愁坏了。

“我当时就是特别爱读书，简直爱到走火入魔的地步，每天回到家就端个小板凳到村口的树林去看书，什么也不管，只要能看书就好。因为我乖巧懂事，品行又好，村里很多人都很疼我喜欢我。那个时候在乡下也算是很漂亮的女孩子了，因为妈妈做裁缝，总会做一些漂亮的旗袍和裙子给我穿，鞋子都是妈妈一针一线亲手绣的。

虽然穷，但妈妈很疼我，几乎什么家务活都不让我做，从小到大只让我专心读书就好。

“那个亲戚觉得我待在乡下太可惜了，就跟妈妈说试着联系一下那位老朋友，看看能不能让两个年轻人见见面，说不定人家一见面就喜欢上向真呢！妈妈想来想去，也觉得有点道理，她想我一个月五百元的工资，离家又远，太辛苦了！而我当时确也有走投无路的感觉，爸爸刚去世，两个弟弟又在上学，我这份工作拿不到编制就转不了正，就不能继续留下来教书，所以我决定放弃，听在深圳打工的表哥说深圳不错，比乡下挣钱容易多了，于是我征得母亲的同意，到深圳表哥处准备找事情做。

“那时通讯还不发达，打电话还要到公用电话亭去打，妈妈在电话里交代我去见这个人，也没说干什么，只说这人应该能帮我找到工作。当我与他终于见面的时候，我都不知道他是谁，见他干什么，傻傻的我都不知道是在相亲，后来想想真是太好笑了。妈妈忽然又打电话来给表哥说，原来那天见面是去相亲，对方非常喜欢我，一见面就认定要娶我为妻。我一下都给整蒙了，原本还以为像表哥跟我说的那样，他可以帮我找工作，结果上演了一场相亲的戏，这太让我意外了！简直就像拍戏一样。

“我对他没有特别的好感，但也不反感，后来就慢慢相处起来。因为父亲刚刚离世不久，我还处于深切的悲痛之中，一想起就会泪眼模糊，每天都会写很多日记倾诉对父亲的怀念。其实他长得蛮帅的，一米八几的个头，斯文有礼，但就不是我喜欢的那种类型。我从来没有谈过恋爱，也没有一个具体喜欢的形象，只是觉得他很细心，很体贴，甚至可以说到了细致入微的地步，就像是爸爸一样。我为他的温柔细致而感动，渐渐地就接受了他，后来就稀里糊涂地和他在一起了。这以后，我就在他深圳的公司做事，其实也没有什么具体的事情给我做，每天就是打打电脑，学学英语，日子简单又轻松。因为他家里催得紧，我们很快就到香港举行了婚礼。我还记得红棉路婚姻登记处那绿荫满布的街道，中区古老而又美好的建筑物穿插其间，我双目含泪，和他牵手走进婚姻登记处，走进我向往的美好生活里。”

婚后的向真和她的丈夫也有过一段甜蜜的日子。因为她只是探亲的身份到港，不能长期逗留，每次只能居住三个月时间，而回老家申请一次探亲也极不容易，需要提供很多的身份证明文件，而且还不能频繁申请。后来她怀孕了，就在探亲的时候留下来没走，当时与公公婆婆同住，她没有想到，得到丈夫万般呵护的自己，噩梦开始来临。向真自幼就是家里最被疼爱的那个孩子，父母从来不让她干任何家务活，更不要说什么重活脏活，尽管生在农村的贫穷家庭，她就像大小姐一样被家里人宠着惯着，什么家务都不会干。

到香港与公婆住在一起，当时怀孕的反应使她整天病恹恹的没有一点力气。婆婆是个超级恋仔狂，她总觉得向真的到来，抢走了宝贝儿子对她的关注和爱，于是对向真的态度相当恶劣。也不考虑到向真身怀有孕，使唤她做这做那，而从小被惯坏的向真根本什么家务活都不会做，这可把婆婆给气坏了！她一面拍打桌子一面破口大骂：本来想着穷也就算了，不跟你计较这些。但你不但穷还又蠢又笨，连洗把菜洗件衣服都不会，你叫我怎么忍你？你以为来我们家是来做少奶奶享福的？想都别想！说完扔一盆衣服给向真洗，明明有洗衣机不让用，就是要折磨她。向真一面哭一面用手搓衣服，洗完之后，那白皙的双手都是水泡。婆婆性格火暴，公公惧内，所以也不敢帮向真说话。丈夫又深圳香港两地跑，经常不在家，就算在港的时候也是很晚才回到家，根本帮不了她。向真只有任由婆婆每天对她炮轰不断，骂声不绝。那时候的她，正如一只从森林里跑出来的小鹿，左顾右望，惊慌失措，仿佛一个不小心就会有生命危险。她每天都战战兢兢，想做好又总是做不好，连拖个地也拖不干净，婆婆的怒气更是上升到极点，张口骂声就不绝。向真哀求婆婆不要再骂，她说尽管她笨但愿意慢慢学，总会学会的，只要婆婆肯教。婆婆却又口出恶言：不知道你们穷人家是怎么养孩子的，竟然什么都不会干，难道是供在天上养出来的吗？

听着这些，向真很想不顾一切跑回家去，但是一看自己日渐隆起的腹部，一个小生命即将来临，如果自己任性跑回乡下，就会违背丈夫的意愿。如果孩子在乡下出生的话，不知要排多久的队才能获批到香港定居，只要忍一忍，根据香港法律，孩子在香港出世，即享有香港永久居民权，取得香港出生证。所以她拼命忍住想家想妈妈的念头，过着每天被谩骂不断，以泪洗面的日子。年轻的她不懂得迎合，太过老实也太过愚笨，根本不懂得用什么方法去应对老太太，更不会哄她开心，白天公公与丈夫出去上班，家里就她们两个人四目相对，日子就像在煎锅里一样难熬。婆婆中年得子，一辈子就这么一个儿子，看到自己的丈夫和儿子对向真都疼爱有加，心里不平衡，她觉得向真抢走了她的儿子，就把所有的怨气都透过咒骂发泄在向真身上。她甚至口出恶言说向真不知耍了什么手段，把一家两个男人的心都给迷惑了。才刚满二十二岁的向真听了这些话，内心觉得委屈但又不知如何为自己辩解，只是拼命哭，多年以后她才明白，哭是这世上最没用的方式。

“我当时每天被婆婆虐待，有时被她逼急了，就会爬到四十八层的天台去，因为家住顶层，上面的天台也是属于我们的。我每次上去之前都会写一封遗书，放在枕头下面。站在高高的四十八层楼顶，天台的风也毫不留情地吹打着我的面孔，我就一直想，跳下去吧，跳下去吧！跳下去所有的悲伤痛苦谩骂侮辱都没有了，耳根就清净了，心就得到安宁了。有一次我横下心来准备往下跳的时候，孩子忽然在肚子里乱踢乱跳起来，我流着泪用手摸着他凸起来的小手，他马上就安静下来。我的内心泛起一阵温柔来，我想这就叫作母子连心吧？孩子在抗议我剥夺他到这世上的权利。是啊，孩子是无辜的，他还未及到这世界上看一眼，他或许有着广阔而美好的前程，我有什么权利扼杀他，这是一个多么残忍的妈妈呀！我瘫坐在天台的围栏下，抱着头失声痛哭。我想念妈妈，想念家乡，但又不敢打电话告诉她我的状况，我不愿母亲担忧远嫁异乡的女儿，就让她以为我在千里之外过着幸福快乐的公主生活，如她希望的那样。

“擦干眼泪，我又回到了那个硝烟弥漫的家。孩子生下来之后，情况更糟糕了，因为给孩子洗澡不会，喂奶不会，换尿布不会，洗衣服不会，在香港按照西式那套，也没有什么坐月子之说，年轻的我，惶恐而又无助，只有继续默默忍受那无休止的指责和谩骂。当时还好丈夫温柔体贴，晚上回来的时候会尽力安抚我，让我的心得到些许的慰藉。一年之后，我又生下了女儿，家里依旧叫骂声不断，我都不知自己是怎么挺过来的。”

每天的日子都过得焦头烂额，孩子的哭闹，婆婆的叫骂，向真无助的哭泣，总是弄得鸡飞狗跳的家简直就像人间地狱。渐渐地，在深圳公司的丈夫开始很少回来，说是生意忙走不开。后来，向真才听说他在深圳有了外遇，而且还是明目张胆的那种，直接带回公司，到处出双入对，对公司所有人都毫不避讳。向真听到这个消息时整个世界都崩塌了，因为丈夫的爱对她来说就是全世界，而他竟然背信弃义去爱了别人，让她如何能够接受这样的现实。她想保持一份女人的尊严，离开这个早已没有爱的家庭，但是两个孩子那么小，带着走不可能，而将他们扔下，她又怎么忍心？

婆婆数年来也从没消停过，喝骂声从没有停止过。当向真拿到香港身份证的时候，第一时间就去找了工作，她想让自己强大起来，有足够出走的资本。精神上的折磨比什么都要厉害，那时的向真骨瘦如柴，早已失去了当年的水灵丰润，她就想如果自己再不离开，再不自救，最终只有死路一条。

“我在离家不远的面包店工作了一个月，每天上半天班，拿到了三千多块钱工资，我当时觉得一刻都不能等，申请离婚，然后放下家里的钥匙就拿着一套换洗衣服走出了家门。趁孩子上幼儿园的时候，我终于下定决心离开这个噩梦一般的家。那个早晨，临走前我鼓足勇气对那个折磨了我整整五年的恶婆婆说了一句：我走了，你没有什么了不起的，就是有两个臭钱而已！婆婆起初有些惊愕，但叫骂声很快跟着关上的门追过来，我快速地离开了，下得楼来，仍然心有余悸。

“在面包店认识的一个朋友帮我找到一间出租房，条件很艰苦，就是一套房子用木板隔了无数个小房间出来，香港惯称为劏房，就是剖开的意思，即为房中房之意。我不知道租房需要交付两个月的押金，钱不够，同事先帮我垫上，总算安顿了下来。住在这样一个不到十平方米的劏房，感觉手脚都难以施展，但精神上的解放让我觉得这小小的蜗居已经美过多少豪宅。由于楼下很多饭馆，晚上会有很多食客聚集喝酒，大声争吵，到凌晨一两点店铺关门时，拉闸及锁门声极大；到黎明，货车卸货声延绵不绝，以致每晚都难以入眠。隔壁住的大多是单身的中老年男子，出出进进碰到那些色眯眯的样子常常让我惊慌不已。可是，一想到那个噩梦般的家庭，我觉得这一切我都能忍，这一间斗室内满满都是我的自由，我不用再看人脸色，不用再被人骂，不用再忍受丈夫背叛后的丑恶嘴脸，除了年幼的孩子是我巨大的痛苦来源，我觉得，这一切已经很好。为了让自己强大起来，能够争取孩子的抚养权，我愿意承受世间一切的苦和难。”

向真为了抵消内心的极度痛苦，就用工作来麻痹自己，每天打两份工，工作时间十七个小时，她完全不觉得累，因为只有这样拼命工作，才能够阻止自己去想那些伤痛。说真的，婆婆的变态她能够忍受也忍受了多年，她的揪心疼痛与彻底绝望来自于一直温柔体贴的丈夫，突然间变得那么冷漠那么可怕那么无情，这才是对她致命的一击。在面包店做得熟了，老板和同事见她普通话说得好，又有文化，就建议她去考一个普通话资格证书，转行去当普通话老师，不要继续生活在社会的底层。她觉得这是一个机会，应该紧紧抓住，这样才不至于辜负父母辛苦供学的恩情。向真去报读了中文大学的普通话资格证书课程，早上五点起床，读那些范文，然后上班路上也一直在听录音，买了个小录音机，晚上十点半下班乘电车的时候也在听。她每天只能睡四个小时，有时候五点就要上班，那一段日子，虽然身体疲惫不堪，但开始新生活的她内心是充满感恩和快乐的，比起在那个可怕的家庭里，这样的日子简单而又充实，不再有争吵，不再有欺骗，不再有虐骂，十平方米的劏房，在她眼里已经胜似天堂。

向真的出走，并没有引起那个家里任何人的关注，许多天过去，没有一个人打电话联系过她。面包店离家也不远，他们也知道她在那儿上班，但没有一个人来找过她，连那个一起生活多年的丈夫都没有。仿佛她原本就是一个空气般的人，在与不在都没有人察觉。用向真的话说，家里不见了一条狗都会四处去找一找的吧？这样活生生的一个人走了，家人却集体保持沉默，似乎她的出走，让每一个人都正中下怀。

疯狂想念孩子的向真曾尝试到幼稚园去看孩子，因为一直以来都是公公负责接送孩子，婆婆不让向真去，说她土里土气见不得人，别让孩子被人看不起。学校的老师不认识向真，按照规定肯定是不让她接近孩子的，尽管两个孩子都指着她喊妈妈，但也许是丈夫家人早就打好招呼不让她接走他们，老师很婉转地拒绝了她，孩子哭喊着被带回教室，那一刻，向真的心如刀割一般痛，可是对眼前的一切，她无可奈何也无能为力。

“因为我不够强大，所以只能任人宰割。从那天起，我下定决心，一定要争取做一名普通话老师，彻底改变自己的命运，只有自强自立，我才有资本和他们谈条件，争取见孩子的权利。

“面包店的同事教我要尽快申请离婚，这才是唯一的出路，离了婚就可以正大光明地申请探视权或者抚养权。我照她的指引打电话到政府法律援助处，把丈夫告上法庭，我只要求要两个孩子，一分钱都不要。这时候他们就慌了，说孩子不能给我，但只要我想见他们的话随时都可以。社工也劝我，孩子跟着爸爸，各方面的条件都会好很多，有利于他们的成长，因为我不会广东话，精神状况差，居住环境差，孩子跟着我也不能有一个稳定的生活，既然他们愿意让你见孩子就退一步吧。我思前想后，觉得社工的话有道理，我不能为自己的爱子心切而毁了孩子既有的幸福生活，我同意了他们的建议。其实为了这场离婚战，在离家出走这半年时间，我已经给了前夫足够的时间转移资产，到我们离婚时，他账上没有一分钱，所有的资产和公司都转到了母亲名下，就算法庭要判给我什么赡养费也判不了，最后就判了个一年一元的赡养费，这真是个天大的笑话，这就是香港有钱人的做法，尽管我没打算要一分钱，但他们这种卑劣行径却让我相当不齿。”

向真在中文大学报考的普通话水平测试，每天十几个小时工作的间隙反复听与读，她考了一个二级甲等，因为武汉人惯有的一个 l 和 n 的发音让她的口语犯了一些错误，所以拿不到一级证书。但这样也足够了，面包店的老板有一个熟客是开普通话中心的，就介绍向真去做兼职教师。那时她就辞掉了另一份工作，早上在面包店上班，下午到普通话中心上课，节俭的她每天都是面包、麦片充饥，身体营养严重跟不上，患了甲亢。

那一年的暑假，向真正式辞了面包店的工作，到铜锣湾的普通话中心去教课，她从跟资深老师学习教课做助教开始，每天用一本很厚的笔记本认真地将整个上课过程全部记录下来，包括老师怎么教，孩子怎么反应，所有的细节都记录下来，回去再慢慢揣摸。因为香港使用繁体字教学，她不会写，就把教材拿回去，每天晚上抄课文，一字一句地坐着小板凳在小桌子上抄，买了很多孩子用的生字本，抄了很多本，觉得教材上的繁体字不够全面，她就开始抄早上地铁口派发的免费报纸。出外乘车的时候，看到一些不认识的繁体字，她会把它记下来，回去查字典，然后再抄几遍记住。向真对这一份得之不易的教师工作非常用心，实习两个月后，到了九月开学之时，中心忽然多了很多学生，原本要让她实习一年的校长要她硬着头皮顶上。

“第一堂课是带四个孩子，我进课堂的时候其实很紧张，因为那时还没有试过自己一个人正式给学生上课，所以心里没底。但是没有办法，现在情势所迫，我必须要坚持到底，这也是我的一个机会，一定要好好把握，我告诉自己，只许成功不许失败！当我给孩子示范读课文的时候，也不知哪来的勇气和力量，让我瞬间像换了一个人似的，也许是怕的缘故吧！我的声音洪亮悦耳，学生们安静地听完之后，也大声地跟着我朗读，那一堂普通话课的效果竟然出奇地好，孩子们都学得很愉快。下课时，中心的大姐都惊讶地对我说：你的声音怎么那么大那么好听，这样上几个小时，也不怕嗓子哑了，你真厉害！校长看到我这么努力，孩子与家长都比较满意，以后就放心把学生交给我了。

“每个周五中心都要开会，讨论一周的教学情况，分享教学心得，我都会安静地拿着笔记本认真记录，我觉得每个老师都有他们的独到之处，我不能错过任何一个学习的机会。大概教了两个月后，我在教学方面有了很多属于自己的经验，人也变得自信了，后来竟然有家长指定要我教他们的孩子，这对我来说是多大的鼓励呀！最开始中心的老师是没有讲故事这个环节的，我一直在琢磨怎样才能让自己的课堂更加吸引孩子，让孩子轻轻松松就可以学好普通话呢？整天满脑子就是想这些事情，后来我跑到中央图书馆，原本打算自己找点书看，没想到发现了很多孩子的图书，那些故事书一下子就吸引了我，我拿起一本儿童版的《西游记》，里面的内容比成人版的活泼多了，我想孩子们可能会喜欢，于是就借了这本书回去。第二天在课堂上特意留了十五分钟给他们讲孙悟空的故事，没想到孩子们会那么着迷，下课了还不愿走，一直嚷着还要听孙悟空的故事。”

这样一次新的尝试让向真找到了教学上的一个突破口，因为其他老师没有这一环节，所以就显得向真的课堂比别人要活泼生动许多，孩子们都很喜欢她，越来越离不开她的课堂。那时候几乎图书馆每一本儿童故事书她都教过，只要说出一本故事书的名字，她都能如数家珍全部讲一遍。那些故事已深深地印在了她的脑海里，任何一本，不管哪一个出版社出的，她都非常熟悉。向真每堂课就用短短十五分钟的故事时间，彻底地走进了孩子的心里。孩子们学习普通话的热情可高了！是发自内心的想学，而不是被家长老师逼迫的那种。

向真不断摸索自己的教学方法，不断地创新，不想让孩子上课有闷的感觉。有时候见到公园里落下的树叶很美，便捡十几片黄叶带到课堂上和孩子们互动，让他们想一些关于秋天的词语，形容树叶的形状和颜色，孩子们都开心得炸锅了，互动交流十分热烈，课堂有了意想不到的效果。因为起初她教的是年龄较小的孩子，不用写太多的字，所以就让孩子们尽情享受说和听的快乐。孩子们的普通话从一开始不敢说到争相举手抢答问题，那飞一般的进步真的让向真打心眼里笑出来。

后来因为中文写作的老师不够，校长就让向真尝试去教。校长其实也很担心她是否能够胜任，但没有办法，学生突然增加很多，老师又不能请那么多，向真只能又一次硬着头皮开始上写作课。从来没有教过作文的向真，也不知香港的孩子写作课要怎么教？不过有个让人稍微心安的地方，就是那时候的学生老师怎么教他们就怎么做，只要自己找对了方向，一定可以教好孩子的。换言之，如果你不认真负责，很容易误人子弟的。

“想都不用想，我又跑到中央图书馆去找教学资料。那里像一个巨型书店一样，里面的书应有尽有，你想找什么样的书几乎都能找到。我时常在图书馆安静地看书，享受免费空调，总是到闭馆的时候才离开，慢慢走去巴士站搭车回到狭小的住所。人们常说：机会是留给有准备的人的。由于自己的用心准备，我的写作课也上得如鱼得水，我尽量启发孩子的思维，让他们不要拘于传统，用心写出自己想要表达的东西，我的写作课深受孩子的喜爱和家长的肯定。”

向真在这间中心教了两年之后，因为早上还要到面包店工作，这让她感觉有些吃力。其实两份工作的性质截然不同，不是说有高尚卑微之分，但她确实在不同的工作环境体验到了人们不一样的态度，人性的美好与丑陋在不同的环境下得到了淋漓尽致的体现。由于长期不好好吃饭，严重的营养不良导致她的身体越来越差，她想是时候结束面包店的工作了。这时自己两个孩子那边的情况也有了不同的转变，前夫新娶的老婆不同意他抚养两个孩子，一分钱都不让给；而孩子的奶奶尽管对向真很差，却因为太疼爱两个孙子孙女而拒绝让新媳妇进门。这就变成了孩子的学费、生活费反正所有费用都由向真承担，因为这个原因，向真从一个天真单纯女子变成独立坚强的单身妈妈了！为了孩子，她想挣更多的钱。当时普通话中心给的一个月工资是九千元，她要支付三千元的房租，还要负责两个孩子的费用，如果辞去面包店工作的话，就必须另找一间工资高一些的学校去教。

她每天都看《明报》上的招聘广告，有一天终于看到一间幼稚园在招聘普通话老师，就赶紧跑去应聘。校长和她谈了很久，最后决定聘用她，人工是每天五百元，星期一至星期六工作。向真一听，这样算下来的话她每个月就有起码一万多的收入，而且工作时间不长，下午三点就可以放学，之后的时间就是属于她的了。她可以再找一些私人补习的课去教，那么一个月轻轻松松就到两万元了。这么一想，向真简直是做梦都要笑醒了。也许是上天看她那么辛苦，给她一些奖赏吧！校长把上课时间和教材都给向真了，还让她第二天去试着教了两堂课，校长也十分满意她的表现，让她马上就来学校上课。向真是个有始有终的人，她说必须先跟中心辞职，可能需要两个星期的时间才可以来上课。因为辞职这件事，向真还和校长闹得很不愉快，可是为了生活她别无选择。她不是那种过河拆桥的人，但为了租金为了孩子为了艰难的生活，她只能做一回恶人。没有任何思想准备的校长当然很生气，当时那么多学生都依赖着她去教，突然撒手不管说走就走，你让人家怎么应对这突如其来的状况？尽管她一再说可以再上两个星期的课再离开，可是怒气未消的校长拒绝了她的好意，让她马上收拾东西离开，向真唯有含泪离开了工作两年的中心。

沉浸在内疚与不安中的向真辞职后第二天，忽然接到幼稚园校长的电话，说不用她去了。向真惊讶地问校长为什么？校长直截了当地说：因为不能等，已经重新找到了合适的人选。向真哭着说我已经辞工了你怎么能言而无信！校长那一端却早已经把电话挂了。向真当时害怕极了，她没想到会是这样的结果。她该怎么办？她觉得自己太笨也太天真，香港是个讲法治的地方，如果她手中有和校长签下的合约，哪怕是临时的也能去告她。可是因为太过相信别人，向真没有即时签下任何合约，对方即使反悔也拿她没有办法。向真以为人人都应该言而有信、说到做到的，但幼稚园校长却让她看到了相反的一面，她再一次体会到了社会的复杂。

回到出租屋里，向真对着四壁放声大哭，突然间就失去所有，面包店辞了，普通话中心辞了，现在幼稚园那边有了更好的人选也不要她了，怎么办？怎么办！她每一天都不能停止挣钱，手停口停，艰难的日子原本就不容易现在简直就是无法再过下去了！那一刻，哭泣中的向真深觉，似乎人性中那些丑陋通过每个人残酷地展现出来，可能也包括深藏的那个自己。

向真跟我说起与前夫生活时的种种遭遇，一直都心平气和，我想那是因为那些人和事再也不会对日渐强大的她造成任何伤害的缘故。但是说到这段往事的时候，她夹菜的手竟有些颤抖，在客人满座的素食餐厅里，忍不住低头抽泣起来，往日的艰难，如今的三言两语又怎能说得清道得尽？我伸出手握住她颤抖的手，并不知道该说什么安慰劝解的话，此刻的她，或许需要的是把郁结心中多年的委屈和伤痛释放，然后从这些噩梦般的记忆里彻底走出来。见她的眼泪一直在流，我赶忙递了一张纸巾过去，她却摆摆手说谢谢，我带了手帕的！然后就从手袋里取出一方洁白的手帕，轻轻按一按两边的眼角，擦掉了流下来的泪。这个小细节不禁触动了我，二十一世纪的今天，整个世界似乎都被一次性用品塞满了，包括那弥足珍贵的爱情，也沦落到快餐节奏。可是眼前这个弱女子，还在坚守着七八十年代人们的一些传统美德，在纸醉金迷的香港，她正如一个安静的旧时女子，眼角眉梢写满端庄，而骨子里透出一种坚定与倔强，仿若真善美的化身，与之对坐都忍不住要挺直脊梁。

在向真觉得天快塌下来的时候，一位相识的老师朋友刚好在那个节骨眼上问她愿不愿意接收她的一个学生，她想都没想激动地说：当然，我当然愿意。后来她去上课时，才发现马鞍山离她住的港岛区实在太远，要转几趟车才到学生家里。但是为了生活，为了那等着开支的各样开销，她拖着病弱的身体坚持前往，到了学生家住地附近的海旁，面对一望无边的海，内心起伏不定。她暗自对着天空祷告，今天的试课，一定要成功，一定要成功！怀着忐忑的心情，敲响了学生的家门，踏入有钱人的家，那豪华的陈设与照得见人影的光亮地板，让向真更加胆怯起来，但一想到马上要交租，孩子的生活费、补习费等等，立即挺直了腰杆，不能还没试就自己败下阵来。她礼貌地微笑着和家长打招呼，家长挺好，说明自己的要求，然后说根据孩子学习的进度，随向真怎么教她都不会干涉，只要孩子能明白，学校考试保持拿 A 就行。

进到学生房间把门一关，屋里就是她和孩子的世界，面对孩子，她的爱心和过往教学的信心全都回来了。向真认真地随着孩子学校要学习的范围带着孩子读和写，当然她依然把自己的杀手锏拿了出来，留了十五分钟讲故事给孩子听。第一堂课结束时，孩子喜欢极了，甚至舍不得向真离开，拉着她的手问老师下堂课你还来教我吗？我喜欢你。她开心地说当然会来，只要你喜欢。妈妈见女儿这么反常竟然学到不想下课，惊讶而愉快地当即拍板，问向真愿不愿意每周来三天，一次三小时，教孩子普通话以及中文写作？她一听，简直激动得想抱着家长说好啊！当然愿意！她按捺住内心的激动和喜悦，开心地回应家长说：我愿意，当然愿意。家长给她一小时二百五十元，三小时就是七百五，一周就是三千，一个月就是一万二千元，天哪！向真真的没想到，这种好事竟然降临在她头上！一周只要工作三天，她就可以赚这么多，孩子的补习费生活费有着落了，房租也有着落了，她疲惫不堪的身体也可以歇一歇了。当她再次回到四顾无人的海边，任凭海风吹刮着她的脸，即便是冬天，也未觉半点寒意，她的胸中燃着一团火。她流着泪，想到这些年的艰辛苦难，告诉自己说，一切都过去了，一切都往好的方向走，一定要相信自己，相信未来。

“在最无助的那段时期，一次和母亲的通话中说起从前普通话中心的那些学生家长，他们都在打听我的联络方式想找我上门上课。其实我有不少学生的电话，曾经想过打电话给学生家长，以求得生活的继续。但是我的母亲严肃地在电话那端说：不可以，孩子！我们再穷，也不能做这种背信弃义的事，千万不要！我流着泪拼命点头，真的一个学生都没有从那间中心带走。现在我无比感激母亲的教导，让我没有在金钱的世界里迷失，所以此刻才能有如此好的回报。”向真无限感慨地说。

从此以后，向真教课的事情越来越顺，学生家长互相介绍，学生越来越多，生活开始稳定起来。因为害怕失去这些学生，她变得更加用心，更加努力，不断到图书馆找资料学习，认真记笔记，这是她教学水平突飞猛进的一段日子。一路走过来，已经顺风顺水，她觉得只有做好自己，教好学生，才对得起这来之不易的一切。

向真说起这些年教课的经历，有一个八岁三年级的孩子，是她教过最特殊的个案。“那个孩子跟我说，以后长大了要建一座房子，有一万多层那么高，他自己住最顶上那层，他的父母住最下面那层。我惊讶地问他为什么要这样安排，将爸爸妈妈推开那么远的距离？他很认真地看着我说：因为我不喜欢他们，如果我住在一万层的楼上，而且楼房没有电梯，他们想要来管制我，逼迫我做一些事情，就得爬一万层楼上来，那么他们会很累，所以就不会来管我了。

“我一听，知道孩子与父母之间肯定出了很大问题，以致孩子这么抗拒他们。想起开始给他上课的时候，他的态度也是拒人于千里之外那种，自己拿着一个机器人玩，你说什么他都不听不理不看，你讲你的，他玩他的，根本不理你。听说之前换了好几个普通话老师，我也觉得很头疼，一开始真的不知道怎么入手。

“刚开始的两三个月真是很大的挑战，后来我终于想到一个办法，他喜欢机器人，我就跟他讲机器人。我跟他好似不经意地提起有一个和他同龄的学生也喜欢机器人，机器人比他的还多，因为他合作好好上课，家长就不断奖励他。我还拍了那个学生拥有的最新款的机器人给他看，孩子的眼里即刻有了神采，整个人像活过来一般，他把小脸凑到我旁边，认真地看着别人的机器人，然后慢吞吞地说了几个字：这是我最喜欢的机器人，可是我没有。我就跟他说，如果想得到这个机器人，那么只要这个月的课程全部都完成得很好，我就让妈妈奖励你。他两眼放光地说真的吗？我说老师当然说到做到。他伸出手指来跟我拉钩说一言为定，我让他自己拿个本子，把妈妈叫进来在旁边看着，这是我们三个人的一个约定。他按我的指示在笔记本上方写下‘我的选择’四个字，上面分别有选择一、选择二，下面竖着两行写上：上课表现好，下课后可以……上课表现不好，下课后不可以……

“这样约定之后，他上课像换了个人似的，表现非常好，下课后就可以得到他想要的一些小奖励；如果上课表现不好，那个奖励就自动取消，当一个月累积表现好的话，他就可以得到心仪的机器人。从此以后，他上课的态度端正了，不再像之前那样一概不理人，在学习的过程中，有时我会让妈妈参与进来，互动说几句普通话，他们母子的关系也有了很大的缓解，慢慢地，孩子的成绩越来越好，不单是普通话和中文科好，连其他学科也有了飞跃般的进步，现在孩子已经跟着我学了几年，简直与当初判若两人。我问他一万层的高楼还建不建？他害羞地笑着说，不建了不建了，我要和爸爸妈妈住在一起，舍不得他们爬一万层楼梯。听到这番话，我也欣慰地笑了，同时也为自己感到骄傲，尽管我只是一个毫不起眼的普通话老师，但我用爱用心去培育孩子，不单教他们学习普通话，学习书本上的知识，还教会他们怎样做一个人，做一个有爱的人。

“做普通话老师，其实很多时候诱惑蛮多的，因为很多家庭都是非富则贵，不少老师看到人家的家庭环境好，就会狮子大张口，一堂课要收很高的价钱。我一直坚守自己的一个底线，只要属于我应得的那一份，抵住一切诱惑和贪婪。”

向真现在正在教的一个孩子刚满十岁，已经教了差不多六年。刚去教的时候，女孩才四岁多，非常好动，已经换了无数个老师，因为没有一个老师搞得定她，那种过度活跃的性格在课堂上根本无法安静下来。孩子妈妈说老师你先试试看，如果孩子喜欢你接受你的上课方式，你就留下来教她。

没想到试了三堂课之后，女孩的妈妈每一次都守在旁边看她们上课，看孩子的反应，看向真教得怎么样。三堂之后，孩子妈妈拉着向真的手说：孩子很喜欢你，看样子你们之间很有缘分。也确实是这样的，向真给孩子上课时比较灵活多样，孩子很喜欢听，每次上完课时间到了还总是抱着向真的大腿不让走，连她妈妈都想不通为什么会这样。因为在这之前，从来没有一个老师让她的女儿这么喜欢，这么不舍，并且一改多动的坏习惯，快乐地跟着老师学习普通话，学习认生字。

“到了五岁的时候，因为她实在太活跃了，专注力还是不够，总喜欢跑来跑去。我就想是否让她跟一个同龄小朋友合班，两人一起上课，互相影响，互相监督和互相学习，因为四到六岁的孩子都喜欢模仿别人，想要和别人一样的心理特别强，一起上课相互的影响力比老师说教要更大。后来，两个妈妈一商量，竟然就同意合班，开始合班上课后，两个来自不同学校的孩子表现非常好，纪律、学习、思考都很配合。因为国际学校就是着重于培养孩子的思考能力，正统学校却是填鸭式教学照本宣科就好，这样的学习方式让两个孩子之间能够有种互补。

“两个孩子读的学校分别是本地传统学校和国际学校，所以各人有各人的优点。国际学校那个孩子看到传统学校的小伙伴能认那么多字，就一下子不开心要哭了。我马上说他认字是比你多一点，但你的思考能力比他强呀！老师问了你们几个问题，总是你答得又快又好，这就是你的优点，他要向你学习。你俩应互相吸取对方的优点，克服自己的弱点，一定会越来越棒的。

“我上课有一个口号：专心、说到做到、先举手后发言、互相学习、互相鼓励、自己努力进步。孩子熟记于心，有一次写完我要求的生字范围，又在后面多写了一页，而且写得整齐漂亮，读课文也读得非常好，我就立即表扬她说：你真棒！做到了老师要求的第六点——自己努力进步。你长大了，懂得更高地去要求自己了。这些孩子太可爱了，潜力不断地被挖掘出来，如果我们成人能像孩子这般好学而努力，那肯定不得了。

“之后她每堂课都会比我要求的多写很多字，在空白的地方，密密麻麻写满了。看着一个曾经多动到极点的孩子，如此专注、努力和用功，我的心里说不出地感动，却也很惭愧自己早已经失掉了这样的认真和热情。”

孩子们的心门就这样被慢慢打开了，成绩越来越好，传统学校这个孩子向真就努力开发他的思维能力，希望他能走出传统教育的框框套套。她给孩子讲了一个故事：一只小狐狸喜欢在森林里玩，有一天，贪玩的小狐狸被猎人设置的器械夹断了尾巴。小狐狸保住了性命，拼命逃回家里，但因为漂亮的尾巴没有了，它觉得很悲观，认为自己实在太丑了，怕同伴们都笑它，就躲在家里再也不敢出门。

向真就问他们俩，如果你是这只小狐狸，你会怎么办？

传统学校的孩子就老老实实地说：没人跟我玩，我就找妈妈玩呗！很明显，国际学校的孩子思维方式确实不一样，她说：我很爱美，但是我也很爱交朋友。如果我怕自己变丑了别人再也不喜欢我，那么我也可以不喜欢他。如果我把原因告诉同伴们，他们应该不会不理我吧？或许我还会得到更多的爱和帮助呢！传统学校的孩子听完这个回答，瞪大了眼睛看着自己的小伙伴，发现原来问题还可以这样想，这样回答，慢慢地他也大着胆子放开想象去回答问题，思维能力得到了很大的提高。

向真认为，教孩子学习，首先要培养兴趣，然后要让他有一种满足感、成就感，从而变成更优秀的自己。一个好的老师，一定要包含品德、素养，这是先决条件，你的人品就是孩子的楷模，你对孩子的影响是非常深远的，要像爱自己孩子那样去爱学生。她就这样一边教一边摸索，看到孩子们一天天进步，她特别有成就感，就算生活里再苦再无助，也会因此被冲淡许多。在孤立无援的时候，幸好有这么一份工作让她站起来，成为堂堂正正的人。教学过程中遇见许多温暖的瞬间，在这多舛而冷漠的人间，是她能够坚强走下去的一股强大动力。向真相信，只要真心付出，总会有好的回报。

“推普的意义非常重大，我个人觉得现在内地和香港合作越来越频繁，交往也越来越多，首先语言就是第一大关，大家需要互助交流，没有一个共同的语言，是很难进行沟通的。因此普通话老师的责任非常重大，我们培养香港最年轻的一代，未来几十年，他们将成为香港的中流砥柱，而优秀的他们，会因为自己说的满口流利的普通话而感到自豪。

“两地的融合，人与人之间的交流不可少。刚开始到香港，被人歧视过，但是现在不同了，从前自卑的我，如今因为身为一名普通话教师为香港的融合工作做一份贡献，我由衷地感到骄傲。我有的学生家长专门找内地的报纸给孩子读，让孩子学会看简体字，希望他将来争取到更多发展的机会。”

向真看着我，微笑着继续说：“幸好有这样一份普通话教师的工作，不然我这条路会更难走，离乡背井来到香港，能够从事这样一份体面而有尊严又能帮到人的工作，给了我一个生活的机会，这一点我是无比感恩的。

“利用普通话教中文这个平台，让孩子在学习过程中有一个内在的打破，自发地对知识对学习达到一种享受的境界，而不是被强迫学习的感觉。从被迫去学习的那种外部要求，上升到懂得享受学习的乐趣，这是一辈子受益的事，因为学习是一辈子的事。我一直在尝试这件事情，如何在孩子幼小心灵播下这样一枚种子，这也是我余下的时间要努力去做的事情。

“几年前自己生病住院及弟弟生死线上徘徊过来之后，我得到那么多人的帮助，这个世上还是好人多，我也希望将来有一天能够用自己一点绵薄之力，为这个社会做一些贡献。我目前最大的心愿就是到慈善机构去做义教，等孩子大学毕业后，身上的担子轻了，我就可以抽身去做这件事情，我相信自己有能力去帮助那些有需要的孩子。”

接近三个小时的长谈，向真几乎将她的半生都倾诉给我了，看着面前这个柔弱而又坚强的女子，那单薄的肩膀这二十年来扛下了多少风风雨雨，养大了一双儿女，我没有什么伟大的词语形容她，也不想去赞美这样艰辛的人生，此刻，我只想给她一个深深的拥抱，告诉她，尽管人间多冷漠，还是有人懂得她的痛，和她站在一道的。

十三

贫与富，贵与贱，原本是人类庸人自扰的话题。顺境逆境，眼界各异，宁静在心，便可在世间觅得一份安详。水姜花是无须辨认贫富贵贱顺境逆境的，她只管在自己有限的生命里，安静从容地将一份高洁素雅充盈你的内心，让一抹淡香留存在你永恒的记忆里。

二十五年前安音离开故里，来到这座世人真以为满城皆是黄金的城。安音把他们的家，安在优哉游哉的九龙寨城，举世闻名的“快城”那急速飞转的时光，到了这里骤然间便慢了下来。

老城内全是六层或以下的旧式唐楼，楼层限高，是为了确保素有“世界十大危险机场”之称的香港启德机场每天航班能够安全起降。定居九龙城，还有一个原因是租金便宜，对于没有任何家底的新移民来说，这里是最具安全感的落脚点。其实说便宜，比起内地来亦是天价，当时内地的工资仍然是二百多一个月，而香港五十平方米的旧式唐楼每月租金已经要六千港元，更别提高档住宅区的价了。房子分隔为三间，安音与丈夫、儿子占一间；夫家两个姐姐及丈夫孩子各占一间；还有一个未成家的兄弟，收工回来布帘子一拉，客厅便成了他的天下，听电台看电视赌马玩游戏跟女孩煲电话粥吹得天花乱坠，小叔子看起来倒是挺能与这样的港式生活和谐共处。

九十年代初，与夫家总共九口人挤在异乡狭小的五十平方米空间，低头不撞抬头撞，彼此尴尬暗藏。安音便整日躲在那几米宽的房间面壁，不然就看着窗外发呆，看街上的各类车辆呼啸而过，看飞机掠过时那神鸟一般的身影，看楼下修车铺的小伙朝路过的靓女吹口哨。苏芮的歌从廉价的 CD 机里飘来“亲爱的小孩，今天有没有哭？是否遗失了心爱的礼物，却找不到别人倾诉……”窗台下浅绿色的小花瓶里，插着丈夫昨夜送的三支玫瑰，让安音的心情也瞬间玫瑰起来。她试着安慰自己，起码这难捱的日子里还有玫瑰和音乐，而天台屋的窗花看来也挺不错，是她爱的那种红绿相间的欧式风格，这让简陋的屋子有了几分异国情调，同时亦提醒她此处此境非故乡。

到来不过半月，大姑子已经忍不住开口催安音上班。房租是按成人的人头计算，安音的到来，自然是减轻了他们六分之一的负担。但如果安音没工作，他们似乎又不好意思开口让她交一份租，毕竟也算是一家人嘛，他们也不愿背上一个乘人之危的名声，传回去估计小城人民的口水也能把他们淹死。

于是就猛催安音上班，两个大姑子换着法子车轮战术般劝说她找工作。安音怀里抱着半岁大的儿子，一脸茫然地看着她们：我上班，孩子谁带？于是把奶奶搬出来，说每月给她三千五百元，把孩子带到奶奶家去。没过几天，大姑子硬是给安音介绍了一份工作，就在启德机场美心集团的酒楼做收银员，一月工资六千，给奶奶三千五、租金一千，算都不用算，她还剩下一千五。

在这个处处只闻“鸟语”的世界，安音觉得自己像个傻子，听不懂也不会说。去买菜只会往想要买的冬瓜豆腐之类一指，人家称好告知价钱，反正多少钱也听不懂，索性拿张大票子递过去让人找，卖菜的老板似笑非笑地接过钱看着你说一句：唔乖。这心里不禁嘀咕，我买他的菜竟然还说我不乖？什么道理嘛！回去问某人，解说这“唔乖”是麻烦你、谢谢或不好意思之意。好吧，第二天走在街上，不小心踩到前面女士的鞋跟，安音赶忙现学现卖跟人说“唔乖唔乖”，女人狠狠瞅了她一眼，嘟囔了一句：痴线！晚上又问某人“痴线”何解？人家哈哈笑了好半天才说“痴线”就是说你神经病！你不说“唔乖”是不好意思之意吗？那我错在哪里？安音理直气壮地反驳他。那人摇着头说算了跟你不在一个频道说不清楚，自己慢慢悟吧。差点被“鸟语”整崩溃的安音，下定决心排除万难以不学会誓不罢休的强姿态开始各种魔鬼式训练，当然，语言这回事对她这样本身就学语言出身的人来说不算什么大事，不到三个月，安音已是满口标准的粤语。做足三个月哑巴的她忽然在某人面前说一口比他还标准的粤语时，他被当场震住，在不到六平方米的房间他紧紧抱住安音：天！你是怎么做到的！你是怎么做到的！安音头扭朝一边，指指高低床，冷静地说了四个字：小心撞头。

安音说人们睡觉时似乎都很怕吵，而她自幼却习惯在嘈杂声中才能有深度睡眠。九龙城是不夜城中的不夜城，自然成了她的理想国。那时旧机场还在九龙城区，平均五分钟一个起降，启德道上空的“大鸟”从无数个远方掠翅而来。安音跑到天台粗糙的水泥地上画了一架硕大的飞机，把整个天台的地盘都给满满占了。然后，得意地将身体呈大字形放置在地面那架虚拟的巨无霸飞机上面，静候天上那个庞然大物掠顶而过。当安音一次又一次体验它们呼啸着从她的身体上空穿越而过，当她自以为高贵的头颅一次次被上下床的床栏撞到生疼，总会产生又重回大学集体宿舍的幻觉。从某种角度来说，独在异乡，那种复杂而又失落的时刻，天台屋顶上飞机的巨大轰鸣声让她获得了精神上无数次的狂欢。

机场美心阁餐厅，是闹场里的一个雅致去处。对安音的到来，餐厅的同事并没有什么意外的表现，他们只是微笑着点头致意。

收银员的工作，顾名思义便是收钱。而安音天生与钱不搭调，数学又是体育老师教出来的那种水平。面对美心阁潮水一般的人流，她常常惊慌不已，仿佛一只从原始丛林误闯进人类世界的麋鹿，在人群中瑟瑟抖颤着，连头都不敢多抬，安静地独处一隅，是那般无助而惶然失措。

港币与人民币不同，当时人民币最大面额是一百元，最小是一分；港币要复杂许多，有一毫、两毫、五毫，一元、两元、五元、十元、二十元、五十元、一百、五百直至一千。十元以下全是硬币，九七年回归之前皆为英女王头像；十元以上是纸币，十元二十元五十元为绿色，一百元红色，五百元咖啡色，一千元金黄色。那个时候，安音认为世界上最可怕的东西就是钱，就是那些她似乎永远搞不清楚的、五花八门各式各样的港币，甚至夜里她会梦见铺天盖地的钱向她涌来，她拼命挡拼命逃，然后从梦中惊醒过来。白天给食客找钱时安音的大脑常常一片空白，手忙脚乱不知怎么找，遇上脾气好的便微笑等候，遇上赶飞机又坏脾气的，免不了被人臭骂一顿，往往是旁边收银的同事赶忙出手相救才收场。更为可怕的是每天营业结束后要对账，还要准备第二天的找零。面对一摞摞堆在面前的各式钱币，安音觉得自己的脑袋就像被灌满糨糊，怎么也不听使唤，往往数了一遍又一遍依然没搞清爽到底是多少。

两个星期后，经理终于把安音叫到办公室。有些忐忑的她约莫知道经理即将说什么，果然经理皱着眉头看了看她，欲言又止的样子。安音这时候反而大胆起来，她说经理你是要让我走吧？是的话就直说，没关系的。经理勉强笑了笑，把双手放到脑后，两条腿往前一伸，整个人便陷进黑色的大班椅里去了。他用一种无可奈何的眼神看了安音足有二十秒，然后长长地叹了口气，终于开口说："Ann，你让我怎么说才好呢？你这个人肯学肯做、任劳任怨、不计得失，这样的品质在香港是很难找的！但我还是要遗憾地告诉你，你不适合这份工作，你应该趁早离开这里，去找一份文职工作吧！"安音的眼泪还是不争气地一下子就涌出来，因为从未有这种体验，大学毕业后在老家工作一直众星捧月般顺风顺水，到香港第一份工就被人炒鱿鱼，不论从面子到生计，这都是难以承受的硬伤。

看到安音流泪，经理有些慌张，他说按理我应该第二天就叫你走的，职业的眼光告诉我你不适合这份工作。但我不忍心，看你那么认真投入想好好学，我决定给你几天时间。可是两个礼拜过去了，我看你痛苦时我更痛苦，觉得不要耽误你了，酒楼是龙蛇混杂之地，你太单纯，应该到更适合你的地方去。这样吧，是公司炒你鱿鱼，按理你没过试用期，我只需支付你工作时数的薪金，但现在我给足你一个月的人工，也算是对你的一点心意吧！

被人炒鱿鱼是另一码事，经理确实是个好人。两个星期后安音从报纸的招聘广告上找到一份教普通话的工作，时薪一百二十元，让她顿时觉得生活简直太美好了！安音特意跑回机场美心阁把这一好消息告诉给了经理听，他竟像孩子一般兴奋地伸出五个手指：Give me five！狭小的办公室，回荡着两人的击掌声和笑声。

面试地点在中环高尚写字楼区，但似乎与报纸所登那高大上的名头有很大出入。一间不到十平方米的房间，灰色为主调，灰色的门灰色的窗，灰色的桌椅板凳，桌上放着几支削得很尖的红色铅笔，在一片灰色里显得特别抢眼。空荡荡的墙上悬着一个灰色挂钟，时针"嘀嗒嘀嗒"在转，安音的心"扑通扑通"跳得比它还厉害。

房内还有房，弄了一个医院诊所似的窗口，一位男士从窗口探出半个头来：你是安小姐？安音小心而又礼貌地回应：是的，我是。男士机械人般递了一张貌似试卷的A4纸过来：把正反两面的题目全部做完，你有四十五分钟。说完人就不见了。

安音赶忙拿过试卷一看，正面汉字标拼音，反面拼音写汉字，就这样啊？她用抢眼的红色铅笔哗哗几下就把题做完，想都没想就抬手敲窗。男人拉开遮板看着她：什么事？安音把测试纸慢慢递过去，男人惊愕地说了一句：啊，咁快！只会说粤语的他不知能不能看懂？只见他从抽屉里拿出一张似乎是标准答案的纸，将安音的测试纸上下飞快扫了一遍，然后点着头说：嗯，很好！周一开始上课没问题吧？授课对象是各大写字楼的高管或职员，教程由我们提供，薪酬以时薪计算，一百二十元一小时，一堂课一个半小时，十二堂为一个课程，上完一个课程结算一次薪金。有问题吗？

安音忙不迭地点头再点头，这幸福来得简直太突然了！男人接着说：目前先安排一间公司十个员工给你教，每周一下午五点至六点半，回头我会让你签一份合约，如果反映好，我会陆续加课给你。安音脸部的肌肉忍不住抽动了几下，若不是男人严肃的脸提醒自己要收敛言行，那么她简直就要笑出声音来了！她按捺住内心的狂喜微笑着说好的，谢谢。

站在香港力保中心高耸入云的楼下面，明晃晃的外墙玻璃在正午阳光的照耀下刺得安音有些心慌。大厦里面保安众多，个个看起来英明神武的样子，果然是中环高级写字楼的标配。她低头仿佛做贼一般跟着上班的人群往前走，看到大厦竟然分为ABCDEF等不同座向，安音一下就傻眼了！不远处有个保安凌厉的眼神扫了过来，生怕被他从人群中揪出来询问，她便装作很老练的样子走进了A座向的电梯，伸手按下了46楼。电梯一点声息都没有便稳稳地到达了46层，安音不由再次在心中感叹着。从挤满人的电梯里走出，她径自走向门口接待处端坐着的那位美人。

“您好，我是新来的普通话老师。”

“普通话老师？公司好像没有这个项目安排呀！您是不是走错地方了？”

安音把手中的英文地址给她看，她一下便笑了，用半生不熟的普通话夹杂英文说：“老师，我们这里是A座，您要去的这家Company是在E座，您要先搭lift下楼，然后找到E座标志再上去。”

安音保持微笑，点头致谢，然后转身落荒而逃，这种事情在她身上不止一次发生，总是如此尴尬。

到了E座的46楼，接待处的小姐看了看表，面带职业性微笑却眼神犀利地看着安音说：是安老师吧？刚好到点，我们的覃经理已经在会议室等您了。

见到覃经理，安音原本想解释一下自己为什么没有提早到，他用粤语礼貌而坚决地打断她说：“不用解释的，只要没迟到就好。您是来教我公司职员普通话的，我只要求您课教得好，不需要了解额外的东西。”

然后他一半粤语一半英语跟安音交代各种事宜，不时停下来问她：你明唔明？好像安音是他的下属。半个小时的交流终于过去，听得云里雾里的安音也不敢插嘴说不明白，毕竟这一份工作来之不易，安音知道他说什么不重要，满身优越感的部门经理只是想要显示一下他的权力和能力，这一点他成功做到了。对安音而言，目前最重要的是自己必须得干出点成绩来。

经理走了，职员们进来了。

一个个很礼貌很谦虚的样子和安音打招呼，她强作镇定地站起来回应他们。由于不知道他们的普通话水平到什么程度，安音做了简单的自我介绍之后，请他们每人也做一下自我介绍。结果差点让她忍不住笑出声来，真的，如果不是强调用普通话介绍自己，安音还以为他们说的就是粤语。第一堂课，就以说好自己的名字和兴趣爱好为主。

该公司选择学习的教程是《商业贸易普通话》，安音从第一课开始，先统一教读几遍，然后十个人分成五个组，做小组模拟练习，一问一答，效果奇好。有时又利用会议室一些办公用品，套用课本里的内容，让学生现场模拟市场买卖交易，学生们的口语进步很快，当然很多时候安音抬着书遮着脸忍不住偷笑一番，再一本正经地拿开书注视着他们。然而一切都往好的方向走，她和学生之间也建立了一定感情。

有个女孩特别勤奋，课后总是问安音很多问题，然后仔细地记下来。一般写字楼选择的上课时间都是利用中午休息时间或是下班后，这家公司选择的是下班后。因而安音和女孩差不多都是最后离开，一起走往地铁站。和女孩熟悉以后，她在地铁里跟安音说父亲此刻刚刚验出患了肺癌，全家都在悲伤之中，不知怎么办才好。她自己更加难受，因为父亲最疼爱她，她很惶恐，无法接受这个现实。安音也只能用有限的言语去安慰她，后来专程到书局买了一本关于家人怎样与病人共同抗癌心理方面的书籍送给她，她感动得眼泪都快掉下来了。课后同行一段时间后，有一次女孩对安音说让她先走，她还要在公司加班。安音不以为意地先走了，第二周亦是如此，安音却在途经的某间花店里撞见那个女孩，那惊慌失措的样子让安音至今不忘，当时安音只是笑笑便走过去了，她有些不明白，但又似乎明白了什么。从那以后，她们再也没有约着一起离开写字楼。

课程圆满结束前，安音还是问了女孩为什么忽然就不敢和她同行了？女孩有些内疚却又坚决地说：老师，您是非常好的老师，我非常喜欢您也永远感激您对我的教导和帮助！但我还是无法忍受在地铁里与您用普通话交谈旁人侧目嫌弃的样子。

安音的心犹如受到重击，一下子疼痛起来。她知道，在当时的社会是绝对存在的，新移民与本土香港人的冲突随处可见。但她没想到自己的学生在拼命学习普通话的同时又嫌弃它，这真让安音伤心。

从此以后，不管学生再怎样热情，安音都学会了保持距离，尽量避免私交。几年来，她辗转于中、上环、尖沙咀等各大高级写字楼间教普通话，有的是普通话初级至高级课程，从汉语拼音学起；有的是商业贸易普通话初级至高级；有的则只是学日常交流口语，反正无论什么课程，对她来说都没难度。而学生们大都友善热情，安音也用专业的水平以及灵活的教学方法赢得学生们的喜爱。这期间她的粤语进步也很快，因为在教普通话的同时，安音也在向他们学习粤语。有时候学生们会请她到中环或山顶各高级餐厅聚餐，大家普通话与粤语并用，交流得很顺畅，有时安音在很想投入私人感情的同时又提醒自己不要感情用事，尽量保持温和风趣，与学生们打成一片就好。

每个人来到这世上，都不知道命运给自己准备了什么，在安音以为一切都走入正轨，慢慢融入了这个现实社会之时，上天却给了她重重一击。卡缪说过：除了没用的肉体自杀和精神逃避，第三种自杀的态度是坚持奋斗，对抗人生的荒谬。她在尝试过第一二种自杀方式皆未成功之后，只好选择第三种“自杀”方式——坚持奋斗，对抗人生的荒谬。

一份青梅竹马的爱情，随着对方的背叛，美丽的童话故事就那样破灭了。

她把自己关在浴室，拿着刀片往手上割。他破门而入，救了她一命，然后跪在地上，痛心疾首地忏悔。两人抱头痛哭，他说生个女儿吧，我们重新来过。

这一系列难以承受的硬伤潜入安音的婚姻和家庭，那一年是一九九七。

在那样一个大时代的背景之下，有人慌慌张张地走，有人欢天喜地地来。从1990年到1996年，港人因对香港回归深有顾虑大举移民国外，而新移民则大规模进入香港，两极分化日趋严重。真正回归之后，社会各方面的稳定又出现了移民海外的香港居民回流的可喜现象。而从安音个人的角度来说，在遭受了婚姻的严重打击之后，香港回归祖国的怀抱，给了她的内心一种说不出的温暖和力量。1997年6月30日即将踏入午夜时，在现场四十多个国家的代表四千多名嘉宾以及全港市民电视机前的见证下，英国国旗和香港旗在右面旗杆上徐徐降下，空中响起英国国歌《天佑女王》，象征香港英治时期正式结束。午夜零时整，中国国旗和香港特别行政区区旗在左面旗杆缓缓升起，当熟悉的《义勇军进行曲》奏响的时候，安音的眼泪夺眶而出，祖国如此强大，还担心什么呢？被殖民一百多年的香港已经回归，作为新香港的一分子，一定要自强自立，在这特殊的时代里，为香港做出自己的一份贡献。

为了挽回一段原以为美好的婚姻和爱情，安音相信他的承诺，选择了原谅。2001年夏天，更为他生了一个女儿，看他抱着女儿那副宠上天的模样，安音内心涌动着无尽感慨和酸楚，但对这表面的宁静幸福，她仍然充满感恩。孩子稍大一些，夫妇俩决定自己创业，到深圳去开餐馆。一系列的考察和准备之后，他们的云南餐馆正式在福田区开业，店面虽不大，只能容下十来张桌子，但安音却将它布置得很有文化氛围，墙上是老家云南的黑白老照片，蓝底白花和粉底白花的桌布每周定时更换，餐桌上都放着一个小花瓶，每天或兰花或玫瑰或康乃馨或百合，在洁净的瓶中绽放，桌上还有精美纸卡由安音即兴写的每日一句……餐厅的格调很符合附近写字楼白领的品味，生意一直不错。有不少人每天把他们的餐厅当作饭堂，早午晚都来，有时下班吃完饭后，一坐一晚上，听着安音播放的怀旧歌曲，安静地看书或用手提电脑处理公司的事情，走时笑着说一句：明天见。

生意越来越好，丈夫亦开始膨胀，似乎对什么都不再感兴趣，除了钱。在他无数个晚归或不归的夜晚，安音开始用刀隔着裤子一刀刀划自己的腿，没有人知道，已经有抑郁倾向的她，仿佛只有身体上的疼痛才能缓解内心彻骨的痛。

三年后，餐厅转让，安音带着两个孩子离开了他。

安音寻求社工的帮助，在温和的社工面前，慢慢讲述的安音忍不住号啕大哭，社工让安音抬头看着她，然后说：我相信你，就把一切交给我吧！放心。看着她坚定的眼神，惶恐不安的安音终于平静下来。香港政府有很好的福利和资源，社会福利署为安音申请法律援助要求离婚，给她分配了市中心的房子，还每月补助一定金额的生活费，让安音和年幼的孩子度过艰难，不用为基本的生活担忧。其实那一段日子安音活得很不轻松，尊严感极强的她因为不定期地要到香港社会福利署报到，每一次到那栋特殊的大楼她几乎恨不得戴着眼镜口罩之类的物品遮住自己的面孔，生怕被人认出自己。她背负着巨大的心理压力，见不同的社工，有的社工很好很有爱心，但有的却会冷冷地打量人，那种刀子般的眼神让她觉得羞愧难当，仿佛自己就是罪人一般。第一位社工很是善解人意，她不但批准安音女儿继续在原来的幼稚园就读，学费政府全部负担，还给安音出主意说：跟你的接触中，觉得你是文化水平比较高的人，修养也好，你如果在内地有很好的发展应该回去试试呀！你可以让你的姐妹来帮你照顾孩子，自己去闯一番天地，不用受这样的委屈。当时安音的眼泪都快掉下来了，没想到港府的社工竟然教她做并不合法但合情理的事情，至今想起来依然会让她感动。另一个社工态度就有了十万八千里的差距，她一看到安音女儿就读的幼稚园名字，很夸张地在安静的办事处大声喊起来：民生书院幼稚园？学费很贵的啵！你的孩子怎么可以读这样的学校？谁批给你的！旁边的人都很惊讶地看过来，安音顿觉羞愧难当，恨不得地下有个洞可以钻进去，她红着脸小声说之前的记录上有名字的，她一看批复者是她的上司，不置可否地挑了挑眉毛，嘴里哼了一声，扭头拿着文件到里面去复印了。当时安音眼含泪水，在备用的资料背面写下一行字：安某某，你一定要记住这一刻，记住尊严，是如何被人践踏的。你一定要早日甩开这样的处境，你一定要自强自立起来！

回去后安音跟朋友说起自己无法言说的痛苦，明明健健康康有手有脚却偏偏要来领政府资助，难怪要被人歧视。朋友一番话让她极其不安的心终于踏实下来，朋友说：你是香港公民，有权利享受该有的福利。不要为此时的困难觉得难堪，你要相信，今天你伸手向政府索取，将来有一天，你以及你的两个孩子，都会为香港社会做出自己的贡献。特别是成长后的孩子，他们回报这个社会的将是你此刻获取的千倍万倍。

那一刻，安音在心里暗暗对自己说，是的，会有那么一天的。

在经历了好长一段灰暗、几乎放弃自己的日子之后，安音终于付诸行动。同义务工作者燕姐到达九龙公园游泳池之时，看到肌腱会的病友已在等候，她们的任务是帮助病友在泳池里做一小时的肢体训练，完毕后帮病友洗澡、换上便装。

乍见他们，感觉就像一群折翅的小鸟，收藏着受伤的双翼，安静而无奈地坐在轮椅上等候。肌肉萎缩症及小脑萎缩症也许在我们常人的意识中，是没有什么特殊概念的。但对于一群正在此病中挣扎求存的人们来说，曾经充满阳光与欢笑的人间已成为真正的炼狱，没有过人的意志就没有继续生存下去的勇气。

这是一种会一直衰退下去的病，由最初突然感到手脚无力，到行动不便要坐轮椅，到不能写字，不能说话，不能吃东西，要靠仪器呼吸，到全身瘫痪，直至生命的尽头……等死的感觉，足以磨灭一切意志，这样的生命是何等沉重！然而生命的力量，却能在最艰难的此刻发出最强的光芒。

见到多了个新的义务工作者，病友们都热情及兴奋地同安音打招呼。初来乍到，觉得自己笨手笨脚的安音，倒不及人家身残之人敏捷。每个人都非常活跃，虽然身陷轮椅，活动空间有限，但他们的脸上都绽放着如花笑容，还夸张地笑赞穿泳装的安音身材劲好！看着乐观的病友，安音想，轮椅便是他们的翅膀吧？代替总是摔倒的尴尬，代替行走不了的苦痛。

被安排给安音照顾的小燕，身形有些肥胖，常年的患病导致体形有很大变化，硕大而变形的臀部因要更换泳衣而痛苦地蠕动着。抱歉，她只能用这个词语来表达她的无助。手足无措的安音其实有些想哭。

唉，你是想象不到那种艰难的！小燕忽然说。我现在的生活很平静，每天要祈祷的便是身体不要退化得那么快，虽然痛苦，但还是要感恩，感谢上天赐予自己的生命。只是会不断提醒自己，不要期望人家对你好，人家也有自己的人生，凭什么要对你负责？凭什么要对你好？你不志在得到，也就没有得不到。

忽然在安音眼里，小燕就如哲人一般，说话非常精辟，句句都富有哲理。在她巨大的痛苦和非常的承受力对比之下，安音开始觉得自己的渺小，开始觉得自己的微不足道。那些爱恨情伤算得上什么？无病呻吟，才是天底下最可笑的事！

在小脑萎缩会做义工的这段经历，让安音迅速而彻底地摆脱了灰暗的心绪，从日渐消沉的日子里抬起头来。女儿上了小学之后，她终于摆脱了领取政府福利的窘况，又开始奔波在各个学校与学生之间，日子过得匆忙而艰难，但简单中自有乐趣。为了照顾两个孩子，安音每天下午放学后的课外时间到学校给兴趣班的学生上朗诵课，也到学校教老师们学习普通话。除了会话之外，她还利用自己艺术学院学音乐的底子，教老师们唱很多普通话歌曲，一字一词地先教他们读，然后再唱，课程结束时还开了一个联欢会，老师们以小品、合唱、独唱、二人唱的形式展示了学习成果，这种轻松快乐的教学法得到大家的赞赏和肯定。

有一间中学的学生特别顽皮，之前换了好几个老师，都没人降得住他们。安音用她一贯爱大于教的方法加上自己对朗诵的专业，让孩子们一下就震住了，也许是因为喜欢吧？他们竟然像被点了魔术棒一般，与第一天上课的情形简直就是天差地别。六点钟，刚用麦克风宣布下课，一分钟之内五十个学生竟然迅速从眼前消失，安音摇摇头笑着下楼。走至校门口，校工殷勤地走过来帮她推开沉重的大门，回头唤了一声：再见，安老师。安音一愣，这间学校她刚来上了几堂课，校工竟然知道她的姓？他笑了，说您每周一来上课，我都刚好在礼堂搞卫生，有时我会坐在下面安安静静听一会儿。看您几堂课就把那帮马骝仔（小猴子）调教得像模像样的，朗诵起来那么好听，我就想为您鼓掌。安音一下子不知道咋回应，要是熟悉的人夸两句，肯定早就大言不惭拱手笑纳了。问题是这个校工叔叔她不认识，好像咋样都是不妥。所以安音只是笑了笑，礼貌地说声谢谢，挥挥手走出了校门。

暮色渐浓，安音融入到下班的人群中，脚步不由得加快起来。身旁走过的人总是行色匆匆，他们都沉默着，眉头深锁，仿佛生活的压力压得他们失去了笑和善意。这样的无声行走，你无法分辨出来，谁是新移民，谁是老香港居民，看来一派和谐。

因为没有全职教学，收入也是有限的，有时候月尾最末一天，手里真的只剩下两个“大饼”，在偌大一个菜市场里显得有些彷徨的安音，真不知在香港二十元可以买到什么？她先小心地买了五元鸡蛋、五元青菜，然后紧紧捏着最后一枚硬币，在市场里来来回回地走，硬币捏在汗湿的手心里许久，竟是无从落手……后来，经过最里面那间花铺，有意无意飘过来的水姜花香味，在瞬间秒杀了她早已浸淫在“柴米油盐酱醋茶”里的心，一下子回升到从前那种“书画琴棋诗酒花”的境界，安音用最后一枚硬币，毫不犹豫地买下了最后一束水姜花。

灯下，一碟青菜，一碟香喷喷的葱花炒蛋，配上老家带来的咸菜，安音和孩子围坐一起，说着笑着，吃得津津有味。那束洁白的水姜花，在洁净透明的花瓶里安静地开着，淡淡的香气，溢满小小的蜗居。贫与富，贵与贱，原本是人类庸人自扰的话题。顺境逆境，眼界各异，宁静在心，便可在世间觅得一份安详。水姜花是无须辨认贫富贵贱顺境逆境的，她只管在自己有限的生命里，安静从容地将一份高洁素雅充盈你的内心，让一抹淡香留存在你永恒的记忆里。

紧张的工作和生活让人透不过气来，咬牙坚持的后果就是疾病突袭。救护车安静地行驶在安静的城。原来这座喧嚣不夜城也有安静的时候。

你能想见沉默的救护车穿过凌晨三四点的黑暗，车顶四角闪烁着紫色幽光，那些幽光，仿佛在一闪一灭间，便能将整个城市慢慢吞噬。当然，也包括安音自己。

安音整个人蜷缩在救护车的担架床上，双目紧闭，瑟瑟抖颤。他们觉得安音活着，而彻骨的疼痛却让她魂魄如一缕青烟正随着汽车轻微的波动上升，上升，她甚至看见暗夜的云层深处，一辆顶着华盖的马车穿云破雾，正遥遥朝着自己的方向驶来。高空那一轮惶惑的月亮闪了一下，犹如女儿明亮的眼，刚刚救护员推走安音时，被惊醒的女儿站在铁门前，来不及说话，女儿的眼神里闪动着一层光，正如这空中月，惶惑而明亮。

女儿做了个打电话的手势，安音点点头，再深深看了女儿一眼，像是要把她嵌进自己的内心，让她在自己的深处独亮。安音不敢保证，这般仓促离开是否还能再回来，像每一个平常日子那样，继续为她洗衣做饭，相依相爱？

那一道惶惑的光，将安音渐已飘升的魂扯了回来，马车消失。是的，此刻任是玉皇大帝来接，她亦是不能走的。萧红与萧军曾有对话：这世间，总有些让我们死不瞑目的东西存在吧，所以我们才能活了下来。如她这般上有高堂下有儿女的人，是绝没有理由撒手自个儿跑天上去的。

安音喊了一声：“冷。”声音太弱，无人理会。再喊了一声：“我冷！”比她更冷的声音传过来，你身上有毛毯，自己打开盖上。有时候，我们既要学会忍耐，也要学会分辨，不要轻易将职业人员的专业当作冷漠，安音想。那么此刻，且将他这种冷淡回应当作专业吧！救护员的职责不包括帮病人盖毛毯，或许。毛毯被安全带紧紧扣在下面，颤抖的手拉扯半天无果，唯有放弃。专业人士终于走过来，有些不耐地扯出安全带下的血红色毛毯，“啪”一下扔在安音身上，便坐回对面坐椅，再也没响。尽管从头至尾安音无力抬眼望他那么一下，但还是要感谢他。

去医院的路那么漫长，疼痛也那么漫长。在黎明前的黑暗中，人们总会期待点什么，而心内希冀的那点点光，为何总是山重水复，为何总是难以抵达。

夜里出状况时，无以复加的疼痛让安音在床上翻滚，甚至失控滚到了床下。漆黑的暗夜，浑身汗湿的她匍匐在地上，下巴紧紧贴住冰凉的云石地板，像即将英勇就义的战士，不声不响咬紧牙关，等着漆黑的夜一寸一寸将自己吞没。

兴许这是上天跟安音开的一场玩笑，从前总以为 call“白车”的一定是临危或者高龄人士，没想到年纪轻轻就升级享用了“999”系列——俗称“白车”的香港救护队专车。一颗心七上八下，眼泪开始透过镜片慢慢溢出，流进戴着口罩的脸颊，麻酥酥的痒……

伊丽莎白医院的护士（在港俗称“姑娘”）温柔地问：现在，需要我帮你通知家里人吗？

“家？”安音想起千里之外的家。

回望着“姑娘”，一时间竟不知怎样作答。安音想说家人没在身边，想想又不对，孩子不是家人吗？可女儿未成年，儿子在港大的校舍正面临人生最重要的一场考试。朋友们各有各忙，在心中过滤了一遍，真不知道该去打扰谁？这里不同家乡，好像都没有到这份上的朋友。“举目无亲”这四个字的重量，刹那间铺天盖地袭来。

安音只有微笑着对“姑娘”摇摇头。然后，泪便开始失控。越想不让它流，不争气的泪越是疯狂如断线珠子一般滴滴答答往下掉。身旁等候应诊的病人都关切地询问：“小姐，你怎么了？需要帮忙吗？”安音带着泪笑着摇摇头，护士姐姐忙说：你要保持冷静、冷静，千万别激动，记住啊！然后塞了一大叠纸巾到她的手中。

“姑娘”温和地推着安音前行，见医生，做了许多项的检查：心电图、脑电图、X 光、抽血化验……期间她想上厕所，“姑娘”竟想都没想推着她到了残疾人厕所，安音一愣，下轮椅时果真已站不起来了。从凌晨四点多折腾到现在，从心理上来讲，已经迫使自己将自己当成了一个残疾人，这多么可怕！所以说病本来不是病，分分钟自己吓自己才要了小命。

医生确定要安音入院，诊断为肾结石导致的肾绞痛。给她先打了一针止痛针，疼痛缓解一些，在分流处的大厅里又等候了将近三个小时，那里面的空调温度让她以为自己身在齐齐哈尔的冬天。旁边另一个等候入院的男人，老婆买来了香喷喷的叉烧饭，让安音更加体会“饥寒交迫”的真谛，她咽了咽口水，动了打电话给儿子的念头。看看医院里懒洋洋转着的钟已经指向夜晚七点三十六分，想想明天还要考试的儿子，又打消了这个念头。

夜晚十点半，终于进了六楼病房。接手的护士交代了一些入院事宜，护工兰姐过来问安音是否需要上洗手间？她说我饿坏了。护士拿了两块薄薄的方包和一盒牛奶过来递给她，见安音急急地吃，有些想笑不好意思笑的样子。

上厕所没纸，出来问守候在门外的兰姐，她说纸一般是自己带的，你没准备我可以先给你，便拿了一卷没用过的纸巾递过来，嘴里说着：这是一个刚刚走了的病人留下的。安音条件反射地问：走？走去哪里了？

你说能走去哪里呢？不是天堂就是地狱啦！鬼知咩！说完便笑。吓得安音忙不迭地说：哦，不要了不要了。

兰姐说怕什么，强行塞到安音手中便转身出去。你说用是不用？结果她还不是照样用了。冲厕所拉错了那根救命铃的线，几个“姑娘”、阿姐冲进来推门不开，准备撞门并大声询问：1号，你还好吗？请稍等，尽量在原地不要动！代号1号的安音，怯怯地应了一声：“对不起，拉错线了。”外面一下子安静了，可以想见几个人的恼怒及尴尬，过一会儿回了句：哦，厕所是自动消毒冲厕的，你离开它就运作了。

次日醒来，疼痛缓解了，安音才想起昨天竟然忘了打电话给中心老板请假了。立马拿出电话准备打过去，一看二十几个未接电话，心想糟了！果然电话一接通，那一边就噼里啪啦一大串骂声甩过来：你搞什么鬼？昨天一整天不接电话！不去上课也不说一声，我都快被学校主任和家长骂死了！像你这么不负责任的老师我真没见过！是不是不想干了？不想干趁早给我走人！

有气无力的安音不安地说：对不起，我生病前天晚上紧急入院了，身体实在是不舒服，忘了给您打电话请假，真的对不起！

对不起？对不起有什么用？你得偿还昨天一天的损失，万一家长不满要退整个课程的费用，你得全数偿还。还有，请假不得超过一周，超过了就找别的老师代替了。

"嗯，我知道了。"安音小心翼翼地回答。

人在屋檐下，不得不低头。想到两个孩子的成长，想到整个家庭还得靠这份工作来维持，安音只能咽下所有的委屈。

入院两天病情有所缓解，连手术都不敢即刻做，赶忙出院上课去了。当然，老板也就是口头叫嚣一下而已，她并没有扣那所谓一天的损失。

看到老板戴着口罩，问她是不是也生病了？老板忽然有些感慨地说："安音，你还不懂我吗？我天生就是个工作狂，我生存的意义就只为了工作、工作！我生命的价值只能在香港普通话教育工作中体现出来。你看，我的努力与勤奋是不是获得了成功？当年只身来到香港，为了能够生存下来，餐厅里端盘子洗碗我都干过，我不怕吃苦，但绝对忍受不了那些有着强烈优越感的香港人对我们这些所谓内地人的歧视，我就想争一口气。如今我的孩子在读最好的学校，老妈在同伴面前头抬得比谁都高！我们同样可以住在面朝大海的全海景豪宅，可以接触许许多多社会名流。人活一世，因为自己的努力而得到自己想要的一切，那是不是一件很美好的事？我是一个最好的例子，你应当向我学习，为自己创造更好的生活条件。”

安音觉得，老板说的自有她的道理，可人生在世，难道努力去做事情为的就是那过眼云烟般的荣华富贵？这一点，她绝不敢苟同。

对安音来说，毕生的愿望就是拥有一个温暖完整的家，理想的生活便是以自己最喜爱的职业养活自己。1994 年来到香港，能够加入到推广普通话教育这个庞大的教师队伍里，她觉得非常自豪。只希望有一天，能够开办一间属于自己的普通话教育中心，按照自己的教育理念，让更多的孩子或成人在学习中受益，这是她最大的心愿。

因为与老板教育理念和人生观极大的差异，安音后来离开了这间教育中心，有很长一段时间都是在中学教朗诵，有男校有女校也有男女校的学生，他们都是热爱朗诵的孩子，在学校报了兴趣班，放学后或中午休息时安音便到学校给他们上课。刚开始学习的时候，大多数学生都还不懂得朗诵，安音每次几乎是手把手地教，一遍又一遍陪着他们读，好在有声乐训练底子，要不嗓子早吼成破锣嗓了。怕他们练得乏了，常在练习间隙说笑几句，孩子们便开心得要命，等她转脸变得一脸严肃时，他们又伸伸舌头认真起来。想起那次路过九龙城顺便买了两包鸡蛋仔慰劳那间女校的学生，丫头们两眼放光抢吃的模样，心里不禁泛起一阵暖，都还是要人疼的年纪呀！安音不由想到自己的女儿，眼里更多了一丝爱怜。也有朗诵天赋高的学生，一点即悟，她记得有两个叫启冰、锦娜的中六女子诗词独诵一级棒，她们入木三分的朗诵，常让安音听得忘了点评纠正，最末一句结束时，毫不夸张地讲，她总会不自禁打个冷战，两个美好的女孩一起演绎，那金属般清脆的嗓音，那一举手一投足的姿态，实实地爱死人哎！

安音记忆最为深刻的一个学生叫易庭，从中二开始跟她学朗诵。

十几个学生中，独这男孩声音浑厚，共鸣很好，对感情、声音的领悟、拿捏也非常准，特别是朗诵古诗词非常有味道。在安音悉心指导下，认真学习的他从一个初学者到比赛场上的常胜将军，其中的辛苦只有他自己知道。他在临毕业前的那个圣诞，给安音写了一封信并请学校普通话科的主任老师转交给她，因假期安音不在香港，这封信过了半年才到了她手中，那时这个男孩已经毕业了。信中写道：

> 安老师，真心感谢您一直以来的教导，从我中二时您便开始教我朗诵，那之前我是从未在任何比赛中获过奖的，拿奖对我来讲是遥不可及的事情。但是您来了，在您的训练下我那年校际朗诵节竟然拿了亚军，这是我完全意想不到的，从那一刻开始，我信心便增加了很多，到中三中四连续几年我都拿了奖，您真的是我朗诵的启蒙老师，让我打开了懵懂的内心，谢谢您！
>
> 今年我最高兴的是再次由您教我们朗诵，一来是我喜欢您训练的方式，二来您真的教得很好，不论是散文或是古诗词，您都能把我的潜力引导出来，还经常给我鼓励、支持，使我越练越有劲！其实，当我这次比赛的散文拿了季军时，我真的十分沮丧，觉得辜负了您的一片苦心，因此我希望在诗词朗诵比赛时能再夺佳绩。记得那天早晨，您在地铁站等候我，亲自陪我去参加比赛，我一向寡言少语，当时其实很想和您说些感谢的话，但话到嘴边却又说不出来，相反眼泪倒差点出来了，我只好赶紧扭过头去怕您发现。皇天不负有心人，那场比赛在您的陪伴下，我终于拿到了冠军！当时我的喜悦不只是为自己夺冠，更是因为没有辜负您的厚望。其实，没有您悉心而专业的指导，

我是不可能一次又一次走向领奖台的，没有您，就不会有今天信心满满的我。

我绝对不会忘记您的教导，更不会遗忘您那亲切、温柔得像母亲般的看顾。希望您每一天都过得精彩。

学生易庭敬上

每次翻看到这封信，安音的内心总是涌动着千般感慨。她想，一个普通话教育工作者最大的心愿是什么？应该与金钱名誉地位完全没有关系，如果一个两个三个乃至许多个孩子因为你的教导而受到好的影响，他们不单通过学习多了一项技能，更重要的是，他们内心多了一份信心和勇气，并且，心中有爱。安音认为这才是最重要的。

教普通话及朗诵的日子久了，安音成了业界资深的导师。这些年，各种各样的比赛经历太多，她做过杂务、记分员、司仪、助评，千锤百炼直至今日所谓的资深评委，由多年前心里打鼓战战兢兢到此刻的面不改色冷静淡然，那样摸爬滚打的过程任谁都难以忘却。所谓一分耕耘一分收获，上天总会厚待敬业而恒久忍耐的人。有时候带学生或孩子参加一些比赛，实在对那些被各种头衔压得喘不过气来的专家评委之水准感到汗颜。粤语有句老话说得好：出来行，就要对得住自己的良心。她自己一直秉行应有的职业道德，心存公平，让每个孩子都获得应有的成绩。就连一份小小的评分表，安音也尽量在有限的两分钟内飞快写下优缺点，再写下短短数言鼓励，让孩子在获得比赛经验的同时还能知道自己哪里好哪里需要改进，或者心里亦能感到一丝温暖。这样应该会更加进步吧？面对坊间越来越多的普通话比赛，当然也需要更多老师充当评审这个角色，教师应多加强自身的专业水平及操守，不滥竽充数，不违背良心。其实有许多评判自己有多少斤两不用称便已心知，不懂就不装懂，很欣赏一些老师虚心求教的态度，遇到这样的人，安音就恨不得把所有的功夫都过到她身上，回不回报不要紧，只要未来某日出来行走江湖时，记得摸摸自己的良心做事便好。那样，她就深以为一切值得了。

来港二十多年，很多个无眠的夜晚，想到那一句“梦里不知身是客”时，安音真想在安静而黑沉的夜里燃一支烟，此时有杯酒在手亦是好的，独酌到天明，何处不故乡？

现今的她，已不再把香港唤作他乡。二十五年的时光，在这里度过的每一分每一秒都何其珍贵！香江在罗大佑的歌里被誉为爱人，他把她唱得早也璀璨晚也璀璨。在安音心里，香港，更像是一位严厉而又不失温情的继母，将她从生母手中接过来，没有温柔相待，亦不曾拳脚相加。她总是不远又不近地，客观而冷静地注视着那些远道而来的孩子。得意忘我的时候，给你下一个绊脚，栽倒了才知道什么叫人狂有祸；失望叹息的时候，她又会给你送来一朵玫瑰，让你懂得什么叫柳暗花明。她将安音打磨得安静而又沉稳，从前那个野丫头，那个固执、任性、棱角分明、臭脾气的野丫头已经无迹可寻。

那天从尖沙咀往家走的时候，已是午夜时分。安音一直对午夜这个词特别钟情，它总是带有一些暧昧，一些遐思，或是一些暖意吧！计程车从维多利亚港飞速驶过，香江两岸，高楼耸立，灯火璀璨，真真是流年无限好啊！

谁在改变中认真思考过？在思考中进步，在自省中蜕变过？这其间每一步的艰辛也只能擦干眼泪往下咽了！它们曾让你举步维艰，它们曾让你血泪沾身，那又如何？还不是一样走过来了。

今日的处变不惊以及淡然的微笑曾是多少汗水与泪水换来的，只有安音自己知道。

后　记

在黑沉的夜里久久地坐着，没有把灯打开。我暗暗审视着自己，也审视这迎来送往的每一个日子。忽然就有那么一瞬，就想对收留了我二十五年的香港说声谢谢，对普通话教育工作这个行业说声谢谢。我总认为，一个人，再有多少才情，再有多少运气，再遇多少贵人，你所居住的城市倘若不对你敞开怀抱，如母亲一般包容你、放纵你、摔打你、磨练你，把一次又一次的机会给你，你便没有机会成就你自己。最为重要的一点，她会提醒你：在哪里摔倒，还在哪里爬起来。不怕摔的孩子，最终总能走出一条大道来。

而香江另一端的故乡，是每一个新移民人生命里最牵念的去处，她总是在微笑中等候，她总是我侠骨柔肠中最温柔的怀想。正如生母一般，永远在遥遥之处俯瞰着我们，护佑着我们，她为我们这一辈人，撑起一片绿荫，让我们常年不被日晒雨淋，为我们铺出一条玫瑰之路，沿途只见芬芳四溢。

回想这半年多来，采访过程中那一张张亲切而又坚定的脸，那一个个动人而艰辛的故事，想到在那些阳光灿烂或阴云密布的日子，我们或窃窃私语或仰面大笑或深切拥抱或挥泪告别，想到她们离乡背井在香江大地开枝散叶，想到她们保持微笑默默吞咽下属于自己生命中的沧桑，想到她们每一个晨昏依然不辞劳苦地在推普工作的道路上奔跑，我的心就止不住地为之动容，她们认真而有爱的模样，永远是最动人的画面。而今日我所书写的或许只是这支队伍中的万分之一，在这座快速旋转的城市，身旁还有许许多多的普通话老师，有我熟识的，也有我不认识的，她们真实地立足于香江大地，为两地文化的融合在尽自己的一分努力。而在这片曾经处处充斥着殖民色彩的土地上，每天依旧有上百新移民从罗湖桥上走过来，走进城市的各个角落。初来乍到的他们，从事着各行各业，无论高尚或卑微，总会留下自己坚实或疲惫的足印，他们每一天都在为生计、为理想、为温饱、为爱着恨着的一切四处奔忙。

当你立于街角静静聆听，有海浪声、有车声、有琴声、有歌声、有粤语叫卖声、有英文私语声；再仔细一听，这座城市四方八面传来一种全新的、不同以往的声音，那是标准普通话的声音，那是各种文化融合的声音，那是我们普通话老师数十年来共同努力的成果，那是一代新香江人深情吟诵的诗篇。香港一直是个包容性极强的城市，九七回归以来，香港能背靠祖国，可以生活安定，身在香港我们亦见证了一个时代的不断变迁，为香港的繁荣稳定默默做出属于自己的那份贡献。推普的工作不容易也不容忽视，而那些默默为之付出的推普工作者背后的故事更为珍贵和动人，他们的经历，他们各自的教学探索，简直就是一部部鲜活的现实版教科书，这亦是我不惧种种困难坚持要写的原因。他们虽然不一定每个人都有自觉的家国意识，但他们的工作在无形中加速了香港的去殖民化进程，助力香港和内地进一步紧密融合以及香港的繁荣稳定，可以说他们是内、港两地的功臣。

在香江大地，处处可见一株株高大的紫荆昂然挺立，每逢春暖花开之际，枝头上未见绿叶，硕大的花朵已抢先登上枝头，成为城市里一道靓丽的风景线。紫荆花色紫红，形如蝴蝶，灿若红霞，随着夏来、秋临、冬至，紫荆花不分季节，依然星星点点于枝头绽放，花期极长，有着极其旺盛的生命力。人们把紫荆花视作“繁荣、坚韧、奋进”的象征，我以为，盛放的紫荆花，恰如遍布港岛各处的推普工作者，他们认真、努力、坚持不懈，在一份平凡而又非凡的工作中默默奉献，散发属于自己的那一缕光和热；盛开的紫荆花，更如欣欣向荣的推普工作，越来越多的人参与进来，越来越多的人受益于此。尽管香港的普通话教育已经存在多年，但确切来说，香港的普通话教育事业是在回归祖国之后，才迎来了真正意义上的春天。一个个推普人在这春天里教书育人，无上光荣却又不无艰辛。但推普人们相信，春天来了，推普事业会愈来愈红火，正如那美丽的紫荆花，在春天的香江大地，向阳而生，蓬勃盛放。

为什么脚步总是停不下来？为什么总想多做一些再多做一些？正是不愿辜负这片土地赐予我们的恩惠。一个远离故土在旧殖民地余痕处处显现的地方生活数十年的人，家国情怀，总会忠实地存在于自己的内心。我以为，倘若不将这一切美好的馈赠回馈祖国，回馈香港，回馈社会，回馈爱我的人们，那便是一种极大的辜负。在这大时代里，即便时或风云滚滚，噪音喧嚣，但热爱祖国、传承中华文化，做一个有原则、有良心的人，是我们这群推普人不变的初衷。

春天里的人们，脚不停歇奔走在路上，辛劳而又内心充实。

（出于读者可理解的原因，本书人名均为化名。最后请允许我谨向这个群体表示深深的敬意。）

禾　素

2019 年 12 月 12 日于香港

图书在版编目（CIP）数据

春天里的人们 / 禾素著. -- 北京：作家出版社，2020.8
（2023.1重印）

ISBN　978 – 7 – 5212 – 1051 – 4

Ⅰ. ①春…　Ⅱ. ①禾…　Ⅲ. ①纪实文学 – 中国 – 当代
Ⅳ. ①I25

中国版本图书馆 CIP 数据核字（2020）第 124534 号

春天里的人们

作　　者：禾　素
责任编辑：史佳丽　李亚梓
封面设计：仝　超
出版发行：作家出版社有限公司
社　　址：北京农展馆南里 10 号　　　**邮　　编：**100125
电话传真：86 – 10 – 65067186（发行中心及邮购部）
86 – 10 – 65004079（总编室）
E – mail: zuojia@zuojia. net. cn
http: // www. zuojiachubanshe.com
印　　刷：中煤（北京）印务有限公司
成品尺寸：152 × 230
字　　数：190 千
印　　张：12.5
版　　次：2020 年 11 月第 1 版
印　　次：2023 年 1 月第 2 次印刷
ISBN　978 – 7 – 5212 – 1051 – 4
定　　价：39.00 元
